隅

桦 之◎著

中国财富出版社

图书在版编目（CIP）数据

隅 / 桦之著. —北京：中国财富出版社，2018.9（2019.11 重印）
ISBN 978 - 7 - 5047 - 6764 - 6

Ⅰ. ①隅…　Ⅱ. ①桦…　Ⅲ. ①长篇小说—中国—当代　Ⅳ. ①I247.5

中国版本图书馆 CIP 数据核字（2018）第 215526 号

策划编辑　郝婧婕　　**责任编辑**　郝婧婕
责任印制　梁　凡　　**责任校对**　孙会香　张营营　　**责任发行**　张红燕

出版发行　中国财富出版社
社　　址　北京市丰台区南四环西路 188 号 5 区 20 楼　　**邮政编码**　100070
电　　话　010 - 52227588 转 2098（发行部）　010 - 52227588 转 321（总编室）
　　　　　010 - 52227588 转 100（读者服务部）　010 - 52227588 转 305（质检部）
网　　址　http://www.cfpress.com.cn
经　　销　新华书店
印　　刷　北京京都六环印刷厂
书　　号　ISBN 978 - 7 - 5047 - 6764 - 6/I · 0281
开　　本　635mm × 890mm　1/16　　**版　　次**　2018 年 11 月第 1 版
印　　张　15.25　　**印　　次**　2019 年 11 月第 2 次印刷
字　　数　178 千字　　**定　　价**　36.00 元

序　一

无论电影、电视剧，还是小说，我始终都鼓励和倡导作家去写“大众文学”。我不是说被大家称为“文艺片”或者“纯文学”的创作不好，也不是说文学艺术不需要探索或创新。我只是认为，文学还是更应该服务于普罗大众，还是要让大多数人，包括受教育程度不那么高的人喜闻乐见。那种金字塔式的，知识分子或沙龙小圈子里无病呻吟玩出来的文学，我觉得可以有，但不应该是文学和影视的主流。实际上，我并不认为小众文学有多么“高大上”，写起来有多难。相反，我觉得大众文学和大众影视才是最具有挑战性、最具难度和高度的——毕竟，要让大多数人喜欢，是一件不易的事。

《隅》正是一部让大家读了不忍释卷的“大众文学”作品。

“大众文学”要写好不容易，而要同时兼顾关照社会和批判现实，就更难。通常情况下，一部小说要做到精彩纷呈、节奏紧凑、扣人心弦、通俗易懂，需要虚拟化、类型化、模式化、机制化，这就是为什么我们读到的那些畅销作品大多是主人公飞来飞去、上天入地，身怀绝世武功，举世无敌，能穿越时空、呼风唤雨、死而复生的原因。文学创作不应该束缚手脚，更不应该束缚想象。但是，上乘的作品，越是超越现实，越应该换一种角度和方式，反映和关照当下人们生活和生存的现状。史学研究有一句话：所有的历史都是当代史。文学创作更是如此，无论你写什么，唯有让当今的读者产生共鸣，才是好作品；唯有大多数观众被触碰与感动，才具有广泛的价值。

《隅》是一本抓人心的悬疑小说，读着疑云重重、跌宕起伏、峰回路转的“套路化”故事，我们却不难沉浸于中国山区农村的风俗画中，看到因为时代变迁所形成的空心村，留守妇女以及她们荒芜、冷寂和几近绝望的内心。阅毕掩卷，忍不住浮想联翩，唏嘘感叹，陷入深思。

令人难忘的作品，都有鲜明的个性和作者独特的视角。在我看来，所有优秀的经典文学作品，都是极致的共性和极致的个性的有机融会。没有极致的共性，怎么会引起广泛的关注和感同身受的共振？没有极致的个性，怎么让我们感受到鲜活的细节和不容撼动的逻辑合理性，从而让作品中的人物呼之欲出，让读者和观众的认同感和同理心油然而生？

《隅》是一部个性鲜明的作品，它有其独特的作家视角，尤其是女性视角。整部作品全部围绕着漂亮的山里女人付玉娇的多舛命运展开，她的爱，她的恨，她的哀，她的怨，以及她的生前与死后。虽然从表面上看，这是一部带着悬疑惊悚元素的破案故事，一个阴魂不散的鬼故事，其实，它却是一部极具中国味儿的女性故事，其触碰和探讨的，是长期以来我们共同关心的女权话题，是一个具有深刻社会学和心理学含义的中国基层风情民俗史。

是的，这是一个难得一读的好故事，期待作者写出更多这样的作品。

北京电影家协会编剧分会副会长　陈秋平

2018 年 7 月 19 日

序　二

作为一名具有阅读习惯的读者，我十几岁的时候就迷上了读小说，从短篇小说到中篇小说，最近这十几年，包里习惯备着长篇小说。

《隅》是作家桦之的第二部长篇小说。有意思的是，我跟桦之曾经是同班同学，而且她写的这两部小说在某种程度上，其实写的都是我们共同的故乡曾经真实发生过的事情，尤其是第二部。

在青少年时代，我很迷恋加拿大小说家玛格丽特·阿特伍德的作品，她的人生观和世界观可以说对我产生了很深远的影响。众所周知，阿特伍德是个女权主义者，她的作品几乎都围绕着女性话题展开深入探讨。我甚至觉得，这个世界欠她一个诺贝尔文学奖。

在女作家桦之的两部作品里（第一部是《轨》），我又找到了似曾相识的味道。桦之喜欢探讨女权主义，当然，并不是纯粹的女权主义。

《隅》讲述的是一个偏僻的小山村发生的故事，故事的线条带着一些人性的文明启蒙意味。故事读起来耐人寻味，关乎曾经至死不渝的爱情，关乎生命的逝去，关乎女性独立意识的觉醒，关乎留守状态下，女人和儿童的无解尴尬。

在当下，探讨女性独立，当然并不是特别新鲜的事，但是，我们也确实不能说，当今的中国人已经高度文明到了可以包容一切合情合理的人和事的程度。偏见依然是大众社会不容忽视的赤裸存在，因而，《隅》的出现依然难能可贵。

和桦之一样，我童年也曾生活在《隅》中所描写的类似的小山村里。如果说中国上下五千年是一道文明风景线的话，江南一隅小山村的世俗世界也可以看作是文明的一种。我们能在《隅》里看到江南小山村的浮世绘，当然，也包括蛮荒的一面。

《隅》的故事情节引人入胜，有着超脱世俗却又至情至理的清新爱恋，又有着希区柯克式的深刻纠缠的悬疑，更重要的是，它让我看到了一种回归。你能在作者细腻干净的笔触里，在自然流动的字里行间，看到江南山村特有的风貌。那里的空气是清新的，那里是闭塞而又多情的，那里依然可以发生在外面功利世界里难以追寻的纯粹爱恋。那里的溪水特别甘甜，那里的云朵格外柔绵，如今，外乡人置身其中，依然恍如到了世外桃源。在公路与网络都已经高度发达的今天，如《隅》里20世纪80年代末的悲剧已经鲜有所闻了，但是，那真的是一个充满浓郁的压抑情绪和悲剧色彩的，让人想逃却无法逃离的真实的曾经。

我想，这样的文笔和故事，也够读者寻味上好长一阵子了。

卿仑

2018年夏之初伏夜

有的故事，明明是真实发生的，却比虚构的还要荒诞、还要离奇，而那个记录故事的人，就生生成了小说家。

引　言

山村夏日，骄阳似火，山野间，浮花浪蕊，争艳生香。

一个身着白衣的妙龄女子，两手提着花边裙摆，默默地站在密林深处。她一动不动，像一尊雕塑被某种极端的情绪固定在万木葱茏、鸟语蝉鸣之中。

一个青葱男子的背影，在斑驳的树影间，渐行渐远……

女子呆若木鸡，无语凝噎，泫然欲泣，直到一条翠如碧玉、蜿蜒窜行的竹叶青蛇闯入她的视线，代替了在她瞳孔中已然模糊的男子的背影。

女子如梦初醒，茅塞顿开："竹叶青蛇，原来这般好看……"

目　录

第一章 “水性杨花” 流言蜚语

1

在我看来，阿玉婶和村里别的女人几乎没有什么两样，既没有三头六臂，也没有特异功能。唯一让我觉得她与众不同的是，她喜欢穿白色的卡其布衬衫，配上蓝白色的凉鞋，看起来的确干净又靓丽，总能从一群灰头土脸的女人中脱颖而出。

每当穿得干干净净从我家门前的田埂走过时，她总会扭过头来，跟母亲打招呼：“玉梅嫂，你好命啊，孩子个个听话懂事，连老小都知道帮你干活了。再看看我家那两个，就知道乱跑瞎玩。”

“别光说孩子，也说说你自己，这都多少天没回来了？你再不回来，小雪和阿光都快不认你这个妈了。光知道把自己打扮得光鲜靓丽，怎么就不知道疼孩子呢？天底下有几个妈不知道疼孩子的！那镇上就那么好玩？有什么宝贝捡吗？我也去捡一个！”母亲从来不喜欢家长里短，可是每次见到阿玉婶，她总是忍不住数落几声。阿玉婶听完母亲的唠叨，从来不辩解，好像她对母亲有一种天然的敬畏，不敢辩解，也无心辩解。她只是低着头默默地听着，一句话也不接，好像母亲的话，她压根儿没有听见，又好像她听得太明白了，根本无言以对。听完了，她深吸一口气，似笑非笑地朝前走去。她越走越快，背影越变越小，最后成了一个白点，消失在远处翠绿的山林间。每当那时，我就觉得这个女人身上有一种别人没有的清高，清高里又夹杂着几分无奈的隐忍。

我没觉得阿玉婶神秘，姐姐们可不能苟同。一说起阿玉婶，她们总是把声音压得很低，鬼鬼祟祟地，生怕别人听见她们深奥的对话。每当我凑近了想偷听点什么，她们就会立刻终止话题，转头干活去。直到有一天晚上，我佯装睡觉，才终于偷听到了一个天大的秘密：阿玉婶其实是长着六个奶头的"狐狸精"。

我虽然不知道"狐狸精"究竟是个什么样的物种，可是关于"狐狸精"的能耐却早已耳熟能详，尤其是在女人们吵架的时候，"狐狸精"这三个字更是从不缺席，贯穿始终。好像不用这三个字，就无法彰显吵架者的傲娇，也无法体现吵架的深刻性。让我困惑和震惊的是：这个世界上居然有人长了六个奶头……

有了初次的胜利之后，我每天晚上早早就躺在床上，盖上被子，闭上眼睛，等着听姐姐们讲精彩绝伦的睡前故事，阿玉婶是"狐狸精"的事实也似乎越来越清晰了。

姐姐们断言，因为阿玉婶长了六个奶头，所以特别招男人喜欢。男人只要一靠近她就会被她迷住，走不动路，然后像中邪了一样把家里值钱的东西都送给她；只要和她在一起，男人就像失忆了一样，忘了老婆孩子，忘了自己的家，也不到地里干活，每天就像个傻子似的围着她转；如果哪个男人的老婆叫他回家，她就会施法术让男人狠狠地打自己的老婆，甚至把自己的老婆给杀了。据说，那个配村干部就是这么被她迷住的。

配村干部名叫阿标，是个体面的知识分子，还是个十足的美男子，高大、白净，有良好的修养，有深刻的见地。关于阿标是怎么变成阿玉婶的相好的，故事有很多种版本，最被姐姐们认可的是：有一天，他走到阿玉婶家楼下，不经意间抬头，看到阿玉婶穿着白衬衫站在二楼的窗台边，对着他媚笑，朝他招手，他就跟丢了魂一样，像一朵白云飘到了阿玉婶的房间里。

可奇怪的是，在我的印象里，阿标并没有像姐姐们说的那样每天围着阿玉婶转，倒是阿玉婶动不动就跑到镇上，好几天，甚至好几个星期都不回村。事实上，和阿玉婶好上之后，阿标就很少出现在我们村了，据说是因为他担心影响不好，主动辞去了配村干部的职务。

阿玉婶的不定期消失，加上她的老公显树常年在福建石场打工，她的两个孩子就跟没有爸妈的野孩子一样，没人管，没人疼，没人爱，常常连饭都吃不上。母亲心疼他们，经常叫他们到家里来吃饭，还大言不惭地说，只是多洗两副碗筷而已。

每次看到小雪和阿光灰头土脸、可怜巴巴的样子，我就困惑：既然是“狐狸精”，为什么不能施些法术，把孩子们弄得漂漂亮亮、干干净净的？难道“狐狸精”的法术只在男人们身上才管用吗？更让我困惑的是，既然她是“狐狸精”，那她的孩子们也应该是异类，也懂法术，为什么他们总把自己弄得这么狼狈？难道说“狐狸精”的伎俩要在成年之后才能发挥出来？

2

从我听说阿玉婶和阿标好上的那一刻开始算起，不知道第几个年头的某一天，阿玉婶突然哭着跑回来，满村地找她的孩子们。找到我家的时候，她的眼睛肿得跟桃子似的，白衬衫被眼泪浸湿，变得透明。我趁机睁大眼睛，盯着她的胸脯细细地看，发现她和其他女人一样，也只有两个奶头。那时候，我感到莫名的失望，甚至有些愤怒，好像自己被姐姐们无情地欺骗了。

母亲看她这个样子，知道是出大事了，因为阿玉婶可不是动不动就哭哭啼啼的女人，大多数时候她都是没心没肺乐呵呵的。本以为母亲会关切地问她究竟发生了什么，没想到母亲只是语重心长地说："把孩子们领回去吧，好好照顾孩子们比什么都强，你老了得靠他们。"听了母亲的话，阿玉婶不哭了，她领着小雪和小光，三人步调不一地走出了我家的大门。看着他们依偎前行的背影，我突然泪如泉涌。第一次，我意识到：阿玉婶和她的孩子们一样，都是可怜人。

第二天一大早，我就听见隔壁的阿英嫂对母亲说，阿标的老婆死了。又说阿标的老婆真是命苦，长得又瘦又小，体弱多病，阿标对这个老婆一直不怎么满意，才让阿玉婶钻了空子。阿玉婶跟阿标好上以后，他的老婆病得越来越重，最终不治身亡了。

可在姐姐们看来，事情远没有那么简单：

"如果阿标老婆真的是病死的，那阿玉婶为什么要哭？应该高兴才对啊！阿标老婆肯定是被阿玉婶用法术弄死的，只是不小心被阿标发现了，阿标就把她赶了出来，毕竟男人也不喜欢心狠手辣的女人!”

对于她们的猜测，我总是将信将疑。就好比她们说阿玉婶有六个奶头，可我看到的明明是两个，可她们又说那是因为我年纪太小，看不到那些不好的东西。

不管阿标的老婆是怎么死的，只要阿玉婶从此能回来照顾自己的孩子就是好事，这样，她的孩子们就不用动不动就来我家“蹭饭”了。虽然母亲说只是多洗两副碗筷，可毕竟我家也不富裕，他们一来，就意味着，一个鸡蛋要多切两份。

可惜好景不长，没过多久，阿玉婶又开始频繁地消失，而且每次消失的时间更长了。幸好，她的孩子们早已习惯了没有她的日子，习惯了常常饿肚子，习惯了衣衫褴褛，习惯了别人时而怜悯时而厌恶的目光。没有了大人的约束，他们像野兔一样，在青山溪流间自由地流浪：摘野果，采蘑菇，抓泥鳅，挖蚯蚓……某些时候，我甚至有些羡慕他们，可以脱离管束，自由自在。

何止是她的孩子们习惯了没有她的日子，整个村庄都早已习惯了没有阿玉婶的日子。对于某些人来说，阿玉婶的缺席，甚至是一种释然，以至于她只要一出现在村里，人们就开始各种猜测。比如，一定是阿标太花心，在外面有了新欢，把她给气回来了；又如，她一定是受了某种刺激，良心发现了，才想起回来看看她的孩子们。总之，关于阿玉婶，除了流言，就是飞语，事实究竟如何，已经没有人关心了。

3

虽然阿玉婶很少回村里，可是关于阿玉婶的消息，尤其是那些听起来精彩绝伦的，甚至有些荒诞离奇的消息，总是会莫名其妙地传回村里。比如，阿标给她买了件时下最流行的花裙子，比全村女人的衣服都漂亮；又如，阿标喜欢拉着二胡哄她睡觉，还绘声绘色地给她讲睡前故事；再如，为了表达对她坚定不移的爱，阿标把赚到的每一分钱都交到她的手中。姐姐们认定，那是因为阿玉婶施了某种厉害的法术，把发生在她身上美好的点点滴滴一口气吹回了村里，让村里的女人们羡慕妒忌恨。

可是，不知道是不是因为阿玉婶施法的时候不小心打了个盹，那些传回村的好消息里面，总是夹杂着坏消息。比如，阿标和阿玉婶吵架了，阿标动手打了阿玉婶，阿玉婶之所以长时间没有回村，是因为不想让村里的女人们和她的孩子们看到她粉嫩精致的脸颊上凭空多了一块像胎记一样丑陋的淤青；又如，阿玉婶因为太懒惰，在阿标家什么也不干，每天吃了睡，睡了吃，越长越胖，终于遭到了阿标的嫌弃……

在所有这些坏消息里，最让女人们迷恋兴奋又津津乐道的，是一张照片。那是一张能让阿玉婶发疯抓狂的照片。

照片里的女人身形瘦弱，脸色苍白，上身穿着蓝色的卡其布外套，下身穿一条藏青色的裤子，脚上是一双黑色的塑胶拖鞋。她的表情冷漠而严肃，眼神里满是忧伤和绝望，绝望中还带着几分仇恨。那女人就是阿标的老婆阿花。

阿花死后，阿标把她的照片摆在床头柜上，以示对她的思念，可是阿玉婶每次看到那照片，都感到万分害怕，总感觉照片里的阿花在恶狠狠地瞪着自己。夜深人静的时候，阿玉婶起床上厕所，老觉得阿花跟在身后，可每当她一转身，阿花又消失得无影无踪。睡梦中，阿玉婶迷迷糊糊地总看见阿花头发蓬乱、面目狰狞地从照片里爬出来，压在她的身上，两只手紧紧地掐着她的脖子，她歇斯底里，大喊救命，挣扎许久才得以醒过来。

于是，阿标不在的时候，阿玉婶就把照片正面朝下扣在桌上，可奇怪的是，没过多久，再看那照片，竟又好好地立在桌上。无论阿玉婶多么频繁地扣照片，那照片却像长了腿一样，总能自己立起来。

阿玉婶是个爱打扮的女人，她对自己的长相也是相当满意，有事没事总喜欢站在镜子前面欣赏自己，一脸陶醉。据说，就因为这个，阿标还在自家的墙上装了一面大镜子，满足阿玉婶自恋的需求。可是阿花死后，阿玉婶再也不敢在阿标家照镜子了，因为只要她往镜子前一站，镜子里出现的不是她自己，而是阿花幽怨愤怒的脸庞。

…………

就这样，听着关于阿玉婶的神秘莫测的故事，我一天天稀里糊涂地长大。

第二章　精神图圄　狼狈归去

1

玉娇夜夜失眠，被阿花的恐怖影像纠缠折磨。她日渐憔悴，面黄肌瘦，精神萎靡。

她不堪忍受，把发生的一切告诉了志标，并提议把阿花的照片挪到别的屋子里去。志标却说："你看你，这些都是你的心理作用，人死了就什么都没有了。哪有什么鬼，什么灵？现在是讲科学的年代！你说的这些都是莫须有的。如果你不能克服你的心理障碍，就算我把照片扔了、烧了，你还是会有这些乱七八糟的想法的。"

"只要看不到这个照片，我肯定就不害怕了。我们老家人总说，那些带着怨气死去的人，都会回来再带走几个，我真的害怕被……"玉娇小声地反驳道。

"你怕被阿花带走？这都是封建迷信！你们老家人懂什么，农村那套旧思想早该扔了，现在要讲科学，讲科学！知道吗？"志标的语气很坚定，语速也越来越快。

玉娇不再言语，委屈地低下头。她深知自己无论如何也说不过志标，只好乖乖地放弃争辩。她上的学不多，见识也远不如志标，更不懂什么科学大道理，而志标呢，高中毕业，喜欢读书，当过中学教师，是个地道的文化人，常常只用三言两语就能将她心中的困惑解开，让她豁然开朗。

她曾经是土壤里静默的种子，等待高处照下的一缕暖光，赋予她破土而出的力量，而志标就是她期待已久的光，那么温暖，那么疯狂，那么别样。她不顾一切，放下所有，她的丈夫，她的儿女，她的名声，她的节操，只为能在那光照里久久徜徉。

志标看出了玉娇的委屈，张开双臂将她搂在怀中，轻声细语地说："阿花的走跟你没有关系，是我对不起她。她跟我这么些年，没少吃苦，可她临走前我也好好照顾她了，葬礼，我也办得像模像样的，我相信她走的时候是平静的。再说了，你是你，她是她，我和她创造了一个世界，我和你也创造了一个世界，这两个世界不冲突、不矛盾，阿花没有理由怪罪你。我已经失去了她，不能再失去你了，我要你坚强地、健康地活下去。"

玉娇虽然没有完全听明白志标的话，但是她知道，那两个世界不可能不冲突、不矛盾，可是看到志标对自己含情脉脉的样子，她的心酥软了。她点点头，偎依在志标的肩上，不再说话。那一刻，她觉得世界是她的，地球是她的，连银河都是她的。

2

可是，接下来的日子，玉娇依然被那照片没完没了地困扰着，只是她再也没有了对志标倾诉的冲动，还骗他说："你说得真对，是我自己想太多了。"

她默默地忍受着、煎熬着，内心陷入了无尽的孤独。那时候她才发现，原来当她真的陷入情绪困境无法自拔的时候，没有人能够帮她，连她最依赖、最信任的志标也不能。于是她开始琢磨：她的孩子们在干什么，是不是想她了；她家门前的杨梅是不是红了；后山田埂上的灰鹅菇是不是开始冒出来了……

她突然好想念村里的一切。

她收拾好衣服，拎起包，爬上了通往苏山头的山岭。可因为太久没有爬岭了，她每爬几步，就气喘吁吁的，总要停下来短暂歇息，才能接着往上爬。她笑话自己说："本来就是爬岭的命，连爬岭都不会了，可怎么办？"

好不容易爬到了苏山头，她从村口往里走，看到乡亲们有的在地里除草，有的在水田里喷药，有的在山坡上放牛，还有的在大树下乘凉。每遇到一个人，她都露出淡淡的笑容，想和他们打招呼，可不知为何，她的脸部肌肉变得僵硬无比，她的嘴唇就像粘住了一样，怎么都开不了口。倒是乡亲们，一看到她都诧异地问道："玉娇，你可回来了，是什么风把你吹回来的？你再不回来，你的两个孩子都要饿死了！"她只管听着，没有作答，大跨步地往前走去，想快些从人们的视野中消失。

到了家门口，她脸红心跳，期待着孩子们高兴地冲出来拥抱自己："妈妈，你可回来了，我们好想你啊！"

可是过了许久，大门依然安静地虚掩着。她推门进去，家里没有人，灶台上胡乱地堆着锅碗瓢盆。她爬上楼梯，看到屋子里乱七八糟地扔着许多东西，床上的被子发出一阵浓浓的汗臭味。走到阳台上，她没看见一件衣服，只有一排衣架孤零零地挂着，被风吹得丁零乱响。

站在阳台上，往远处看去，她看见几个熟悉的身影正在对面的山上采着野果，她的小雪和小光好像也在其中。她希望他们能抬起头往她这边看，这样她就可以朝他们招手，示意他们快些回来，然后一家人围着桌子，津津有味地吃着她买回来的糖果。可孩子们越跑越远，一会儿就不见了。

她怅然若失，泪如泉涌，没想到她本赖以生存的世界，竟然变得如此陌生，如此空洞。她转过身，走下楼，拎着包走出家门，朝村口走去。在村口，她看到了她最要好的姐妹彩月在采夏茶，她原本想悄悄地绕过去，没想到彩月先看到了她："玉娇，你回来了！什么时候回来的？这，怎么又要走了？"

"刚回来，看家里没人，我待着也没用。"玉娇低下了头，仿佛自己的头有一千斤那么重。

"孩子们都不在家？准是到山上疯玩去了。再说了，谁曾想你今天会回村，孩子们都以为你再也不回来了呢！"彩月的话像是关切，又像是嘲讽。

"回不回来的，都一样，也没见他们想妈妈。"玉娇埋怨道。

"想妈妈？有什么想头？饿了没饭吃，冷了没衣穿！哎，对了，上回在镇上碰到你，说起照片的事，现在怎么样了？你可得注意啊，男人啊，老婆在的时候总觉着别人的老婆好，可自己的老婆真要是没了，他又想得慌，还老觉得对不起她。你说男人是不是有病啊？死了以后才想管什么用？要是真的有情有义，为什么活着的时候不对自己老婆好点，反而伺候别人老婆去了……"

"阿标对他老婆挺好的，她活着的时候，阿标也疼她！"

玉娇的头更低了，马上都要贴着胸脯了。

“拉倒吧！要是真疼老婆，能把你搂在怀里跟蜜似的？哎，你这身衣服，他给买的？真好看啊！多少钱？哪天我也到镇上去逛逛。”看到玉娇身上那件白底粉花连衣裙，彩月突然眉飞色舞，兴致勃勃。

“不知道多少钱，说是在百货公司买的。”

“难怪呢，百货公司的衣服就是好看，时髦！而且里面什么玩意都有，就说那的确良，穿着多凉快、多好看啊！就是贵。我这一天到晚在地里抓土，不知道什么时候才能买得起。你看你命多好，什么新款衣服，阿标准给你买上，再看看我，连个疼我的男人都没有。”

“他对我是蛮好的，不过……”

“要是他对你不好，你能抛下孩子，成天围着他转？说到这个，我倒想起来了，他老婆死了有一段时间了，什么时候娶你过门啊？”

玉娇没有回答，她看天色不早了，便跟彩月说：“我该去镇上了，一会天黑了，山路就不好走了，我今天连手电都没带。”

“你担心什么？看你没回去，阿标同志准跑上来找你，就怕你夜里被豺狼虎豹给吃了。”

“我走了！”

“就这么走了啊？你看你，说走就走，日子过得真潇洒。再看看我，多没出息，被一头牛和一个孩子捆得死死的，说心里话，我还真是佩服你。”

“佩服我什么啊？”玉娇一边敷衍着彩月，一边快步朝村口走去。

到了村口，她又听见彩月大声说："玉娇，你成天不在家，你那孩子都没饭吃，跟野孩子似的，这家吃几顿那家吃几口的，在我家就吃了好几回了。你下次回村，记得给我们也带些好吃的，最好是那百货公司里的，我家大河馋着呢！"

"行，我记着呢！"玉娇也大声回答道。

彩月的话，句句都是大实话，可就是让人听着别扭。当玉娇听说孩子们没饭吃的时候，有一秒的冲动要留下来，可是下一秒她又决定离开。她担心，真留下来待久了，孩子们还会让她走吗？那志标又该怎么办？

她一直深信，没有孩子们，她可以勉强活下去；可是如果没有志标，她随时都可能死去。

3

从苏山头到镇上要经过一条蜿蜒曲折的山路，有五里那么长。山路两旁是绵延的山丘，山丘上开满了各色映山红，娇艳欲滴，在夕阳的余晖中，芬芳尽吐。

山花烂漫，引得玉娇情不自禁地爬上了山丘，踏入了深深的灌木丛中。她俯身，把脸贴近一丛紫色的映山红，细嗅花香，许久没有挪动身体。她像丢了魂似的，仿佛被定格在了一幅青山繁花的美丽画卷之中。等她缓过神来，太阳已经下山，天色昏暗。她顿时有些慌张，急忙转身，准备从山丘下到山路上。

她用力地把脚从灌木丛中抽出，向下迈步，可是她的腰僵住了，无论她多么使劲，都无法挪动身体。她以为是枝杈勾住了裙摆，于是转身扯了扯裙摆，这时，她突然看见一双黑底红面的绣花鞋正死死地踩在她的裙尾上。她大惊失色，一个后仰，整个人倒在灌木丛里。

她冷汗直冒，两只手胡乱扒拉，挣扎了许久才站起来，继而急忙地往山路走去。一到山路，她就迫不及待地跑起来，两脚生风，健步如飞。她跑着跑着，不经意间往后一看，又看见那双黑底红面绣花鞋。那鞋竟然自己长了脚，对她穷追不舍，像是不索到她的命绝不罢休似的。

那双鞋她再熟悉不过了，是阿花去世后她到集市上买的，也是她嘱咐志标给阿花穿上的。

她胆战心惊，像一头丢了魂的母牛，彻底没了主心骨。

她只顾跑着，已经完全忘了自己身在何处，又为何要跑，直到她看见不远处的村庄里，家家户户泛着昏黄的灯光。灯光下，人影悠闲地来回晃动。她停下脚步，看着那灯光，终于不再那么害怕了。这时她才发现，自己又跑回了苏山头——那一刻，在她眼中熟悉、美丽又温暖的苏山头。

她好想跑到彩月家，喝一口甘醇的热茶，吃一碗浓香的白米饭。如果再有人给倒上二两白酒，她大口地喝下去，一定觉得浑身舒畅。可是，她实在不敢再往村中走去，仿佛那些高高挂起的灯，就是一个个火眼金睛，正瞪着她，审视着她的一切，要将她的灵魂看得通透。而酒足饭饱后的人们，此时一定正一边摇着蒲扇，一边谈论她是一个多么不靠谱的妈，以及她可能的悲惨下场。想着想着，她的脸发烫，心发慌，快要羞臊到了脚底板。

“原来是阿玉婶啊，你怎么站在这里啊？大黑天的，吓我一跳，我以为是哪个女鬼呢！”

就在她踌躇未决的时候，有人一个巴掌，拍到了她的肩膀上。

她顿时热泪盈眶，仿佛遇到了救世主。

原来是阿北，牵着一头小牛犊，正从她身边走过。

她张着嘴，想说什么，却又像哑了似的把话憋了回去。

“你这是刚从镇上回来呢，还是要下山去？我看天色变了，像是要下雨，你还是回村吧。阿光今天还念叨你呢，说你这么长时间没回来，也不知道怎么样了。”阿北接着说。

“阿光问起我了？亏他还会想起我。”

“你这是什么话？你是他亲妈，还不能问起你了？你快回家去吧，镇上有什么要紧的事，等明天再说。”

听阿北这么一说，玉娇仿佛找到了一个回家的正当理由。她跟着阿北和他的小牛犊，慢慢地往村里走去。

那头小牛犊，是她春天回村的时候刚出生的，现在已经有一米高了。她伸出手，想摸摸小牛犊的头，谁知那小牛犊甩了甩头，打了个喷嚏，喷了她一身。

阿北见状，哈哈大笑：“阿玉婶，你可真是离村太久了，你忘了初生牛犊不怕虎啦？它哪能让你摸啊，连我摸它都要先请示请示呢。”

玉娇也笑了：“你说得是，我刚糊涂了，我就是觉得这牛犊长得可真快，才一会工夫就这么大了。”

“瞧你说的，一会工夫？都好几个月了。牛犊跟小孩一样，你不养它，自然觉得它长得快，我每天跟它在一起，喂它吃草，给它洗澡，还得带它到山上溜达，怕它踩了庄稼，怕它顶着人，还怕它跑了、被牵走了，难伺候着呢。也难怪你不想养孩子，跑到镇上享福，牛犊都这么难养，何况孩子呢？”

阿北话里有话，含沙射影。玉娇听得明白真切，可她一点儿都不觉得生气。

走着走着，到了阿北家门口，阿北妈正坐在厅堂的竹椅上，吹着风，喝着茶。

“妈，阿玉婶回来了。”

阿北妈立刻从椅子上站了起来，走到玉娇跟前，提高嗓门问道：“谁？阿玉是谁啊，哪家的？”

“妈，你正经些吧，阿玉婶你不认识了？阿光的妈！”

“哦，你看我这脑子，生锈了，原来是玉娇啊！玉娇，你可不能怪嫂子，你走了实在太久了，人说一日不见，如隔三秋，这么算来，你走的这段时间都有几十年那么长了，你说我还能记得吗？”

“嫂子说得是，我先回去了。”

玉娇急忙要走，阿北妈一把抓住了她的手，手心手背来回地翻看：“别着急走啊，到我家坐坐，聊聊天。呦！这手真叫嫩啊，就跟刚出土的嫩姜一样，你是怎么保养的啊？也是，听说你那相好连饭都不让你做，天天让你到饭店里吃现成的。你这是哪里修来的福气？在村里不用下地，在镇上不用下厨，天生就是娇娘子的命啊。再看看我，老梦到搬到了镇上，再也不用爬岭，不用受那个累了。可每回笑盈盈地醒来，发现还躺在山顶上这个破屋子里。合着都是白日梦啊！所以说玉娇啊，好好珍惜吧！咱们村，除了你，再没哪个女人有这么好的命了。哎呀，这么说来，你还真是我们的榜样啊！”

玉娇越听越不是滋味，急忙把手抽了回来，匆匆往家走。

到了家门口，看见门关着，她敲了敲门。

“回来了？”小光打开门，眼睛看向别处，语气十分冷淡。

“嗯，你们吃饭了吗？”玉娇走了进去。

“还没吃呢！你怎么了？怎么这副模样？衣服都破了，腿上都流血了。”

“啊？”玉娇低下头，才发现自己的小腿外侧被拉了一个大大的口子，一道长长的血迹延伸到了脚面上。

“怎么回事，他是不是打你了？他要是对你动手，他就是畜生！”小光的声音越来越大，语气也越来越重。

“不是，不是，跟他没关系，我自己不小心摔的。”

“这么晚了，你回来干什么？我还以为你一辈子不回来了，过你的好日子去了。”小光说着，眼睛又看向别处，像是不敢直视玉娇的眼睛。

玉娇刚想说她早上回来过，没见着他们才离开的，却被小光抢了先：“这回还走吗？你要是还走，就别进这个家门了，省得大家难受。”

玉娇像被呛住了一样，嘴里蹦不出半个字。

这时，小雪从厨房走出来，手里端着个盘子，盘子里，一个拳头大的红薯孤零零地卧着。

“妈妈回来了！吃红薯吧！”小雪显然有些激动。

看着盘子里唯一的一个红薯，玉娇的心顿时凉了。

“怎么就一个红薯？你们先吃，我再去做点东西。”

“家里什么都没有了，只有这个，这个红薯还是三爷爷给的。”小雪说道。

“面条也没有了？”

“早就没有了！你难道忘了，你有多久没有回来了？”小光的语气里满是埋怨。

“可是一个多星期前，我托人捎了水果和面条回来的啊！”

“水果，我没有看到；面条，我给达荣爷爷了。他本来就没钱，还经常给我和妹妹做饭吃，我心里过意不去。”

“哦，那先吃点糖果吧。明天，明天我就去买些肉和面条回来。”

一家三口，围着桌子，慢慢吞吞地坐了下来。玉娇打开塑料袋，从里面掏出了两个红彤彤的大苹果和一小包白色的麦芽糖。

“这是我早上买的。这苹果可甜了，是新品种，还有这个麦芽糖，好吃着呢，你俩快尝尝。”

小光瞟了一眼麦芽糖，不屑地说：“这准是他买的吧？我不吃，这东西我爸也买得起。”

小雪盯着麦芽糖看了许久，麦芽糖甜甜的香气把她的口水都引出来了，可是她就是不敢伸手去拿。

玉娇掰了一块糖递到小雪的嘴边，小雪正要张嘴咬住，谁知小光突然站了起来，一把夺过玉娇手里的糖，重重地扔到地上：“妹妹，你有点出息吧，不吃糖会死啊！只要是他买的东西，我都不吃，我宁愿饿死也不吃！”说完，小光放声大哭起来。

接着小雪也哭了，呜呜咽咽。

再接着，玉娇也哭了。

玉娇平日里很少哭，就算再伤心，也不愿意当着孩子的面流泪，她总觉得，让孩子看到自己脆弱的样子是一种罪。

可是那一刻，她的泪决堤了。她决定和孩子们一起大哭一场，哪怕哭得天昏地暗、肝肠寸断，哭到山崩地裂、海枯石烂。她放任眼泪肆虐狂流，从她的脸上、衣服上，流经小腿的伤口，最后掉落在她沾满泥土的脚面上。

她的哭声和孩子们的哭声混在一起，传遍了整个村庄，传到了远方，响彻银河宇宙。

哭着哭着，玉娇不觉得伤心了，内心压抑许久的苦闷，融入了咸咸的泪水，从心灵深处排出。在三个人交织的哭声中，她真切地感受到了忏悔的力量和被救赎的渴望。她的罪恶感被释放了，灵魂被洗礼了。

她拾回了久违的，作为母亲的力量。

哭声停止时，已是深夜，月亮的微光温柔地洒在破旧的窗帘上，整个村庄陷入了前所未有的寂静。

那一夜，玉娇搂着小雪睡得很沉、很香。

梦里，小雪出生时的情形一次又一次地清晰浮现……

第三章　女婴降生　缘起风雨

1

6 年前，一个台风呼啸的夜晚，玉娇觉得肚子一阵一阵地缩着疼，羊水也破了，她知道自己快要生了。

她想到隔壁敲门，叫人帮忙去请村里的产婆宝珠，可是因为疼得太厉害了，她无论如何都起不了身，只好叫小光去隔壁找人。刚满 6 岁的小光，看着窗外电闪雷鸣，吓得直哆嗦，可看见玉娇痛苦的样子，他只好硬着头皮走出了家门。小光走到隔壁，敲了敲门，没有回应，无奈雷声太大，掩盖了他虚弱的敲门声。站在那扇紧闭沉默的木门前，他陷入了恐慌，手足无措，栗栗危惧。闪电一次又一次闪花了他的眼睛，他害怕得哭了。站了一会儿，他再次敲门，这一次，他用了更大的力气，可是里面依然没有回应。他只好垂头丧气地走回家去。

“怎么回来了？”

“没有人。”

“那你快去宝珠伯母家，叫宝珠伯母过来。”

“妈妈，打雷了，我害怕。”

“害怕也要去，妈妈现在不能动。乖孩子，听话，快去。你要是不去，妈妈会死的！”

“妈妈不要死，我去，我去！”

小光又一次走出了家门，朝宝珠家走去。

村里的房子都是独栋的，小光要走 50 多米才能到宝珠家。

他战战兢兢地走着，两只小手紧紧地握着伞柄，使尽全身力气把伞举在头顶，生怕一个疏忽，伞就掉了。那伞是他唯一的希望，也是他唯一的陪伴。如果没有那伞，他感觉自己随时会被黑夜、暴雨、雷电吞没。可是风太大，不一会儿就把伞吹落了。雨点又密又急，如大豆一样倾倒在他的身上，他全身发疼发冷，直打寒战。

他朝着伞被吹走的方向，艰难前行，想把伞捡回来，可是伞被越吹越远，很快就不见了。他惊慌失措，全然忘了自己究竟要干什么。这时，又一道闪电划过长空，刹那间照亮了整个村庄，紧接着一声巨大的雷鸣，轰隆隆从天而降，吓得他一屁股坐到了地上。

就在这时，他感觉有一双大手，将自己抱了起来。

“小孩子，你是哪家的，怎么一个人跑出来了？你妈妈呢？”那是一个男人的声音。

小光睁大眼睛，想要看清说话的人长什么样，可是他怎么也看不清楚。

“好孩子，快告诉叔叔，你是哪家的？”

“我妈妈要生孩子了。”小光这才想起自己的使命。

“啊，是真的吗？那你妈妈在哪里呢？”

“我妈妈在家里。”

男人一听，抱着小光跑到了产婆宝珠家。

“宝珠嫂，这是谁家的孩子?”

“阿标同志，这么晚了还没回家啊?你这抱着的不是阿光吗?阿光怎么和你在一块啊?”

“可不是嘛，台风这么大，我不敢走，万一有个什么事也能帮上忙。看到这个小孩子一个人坐在地上，我也吓了一跳，他说他妈要生孩子了。”

“啊?玉娇要生了?赶紧去赶紧去。哎哟，怎么偏偏选这么个日子，白天还没动静呢。你说我也是，晚饭时就该过去看看，谁知道就马虎了这一回，还差点耽误事。咱们赶紧过去。”

宝珠慌慌忙忙地，一边往外走一边喊道：“阿琴，你阿玉婶要生了，我先过去，你也赶紧过来帮忙，别忘了带上我的剪刀，在灶台上。”

等志标和宝珠到玉娇家的时候，玉娇已经疼得脸都白了，她有气无力地说：“宝珠嫂，我受不了了，太疼了，你快点把孩子给我弄出来吧!”

“你这说的什么话?不疼能生出孩子?咱们女人啊，天生就是疼的命，再疼也得忍着，越疼就生得越快!”

宝珠说完转过身对志标说：“阿标同志，要不你先回去，女人家生孩子，你一个大男人在这里不合适。”

迷迷糊糊中，玉娇看见门口站着一个高大的男人，长着一张十分好看的脸。

“宝珠嫂，我还是留下吧，你一个人怕是忙不过来，生孩子可不是小事，咱得保证母子平安。”

“我说阿标同志，你可真是个好人，把你配到我们村，那真是我们的福气，是祖宗积德了。那你先到里屋去待着，要你帮忙的时候，我就喊你。”

“行，有事你就喊我。”

说着，志标走进了里屋。

听着志标和宝珠的对话，玉娇的心里踏实了许多。

志标温和醇厚的声音，像一阵和风细雨，让她渐渐忘了窗外依然是电闪雷鸣，白浪掀天。

宝珠把手伸进玉娇的被窝里，掏了掏，又快速地把手收回，然后从口袋中掏出一个棕色的手帕擦了擦手。

“宫口已经开了五指了，孩子马上就要出来了。”宝珠语气坚定，对自己的判断有十足的把握。可她还是深吸了一口气，而后又用力将气呼出，像是在缓解自己紧张的情绪，又像是为自己即将面临的第十一次接生打气，更像是在默默地祈祷母子平安。

2

“妈，剪刀。”阿琴匆匆跑来，把一把黑色的剪刀递给宝珠。

宝珠双手接过，郑重其事地将剪刀放在床头柜上，仿佛那剪刀是一件不容玷污的贡品。

那剪刀虽长得粗犷可怕，总是一副威风凛凛的样子，可在女人们生孩子的时候，却总能生出几分柔情和悲悯。宝珠下手总是又准又快，还没等女人们反应过来，她就已经将脐带剪断。女人们像是经历了一场腥风血雨的战争，筋疲力尽之时，微微睁开眼睛，看见宝珠已经在给孩子的肚脐涂抹药品了。那一刻，女人们知道自己胜利了，而宝珠就是那个送来奖杯的人。

又见到那剪刀，玉娇却皱起了眉头，心里又生出了久违的浓烈的恐惧感。她上一次见到它，是在六年前的一个晚上。

半夜里，她起来解手，坐在木制的尿桶上，突然感觉有个东西从胯间滑落，她低头一看，坏了，肚里的孩子掉出来了，掉在了尿桶里。她赶紧把孩子从尿桶里捞出，托在手上，急匆匆地回到楼上。

她一点儿都不觉得疼，也不觉得吓人，只是被孩子身上一股子恼人的臭味熏得恶心反胃。那臭味奇特而浓烈，是血腥味和尿骚味的混合体。

可当她想把孩子放在床上，自己去找毛巾和水给孩子洗澡时，才看见孩子和她之间连着一根血色的肉体纽带，她抱起孩子又急匆匆地跑下楼去，跑到了宝珠家。

宝珠见状，抄起她那把威武的大剪刀，二话不说，剪断了脐带。

玉娇虽半点不觉得疼痛，却是眼睁睁地看着那把剪刀将自己和孩子分离的。两片刀刃迅疾合体的时候，玉娇仿佛听见了一声刺耳残忍的声响，那声响险些震破了她的脑袋。

“宝珠嫂，别让我看见那剪刀。”玉娇几近哀求地看着宝珠。

“好好好，你放心，这一次剪的时候，你想看都看不见的。”宝珠安慰道，把那剪刀挪到了玉娇的视线之外。

3

每到宫缩厉害的时候，玉娇就忍不住叫出声来，不是号天哭地，也不是哭爹喊娘，而是歇斯底里后的娓娓婉转，其中既有撕心裂骨的痛，又有羞怯难堪的忍。

志标听着玉娇的哭声，焦急万分，他来回踱步，强忍着冲进去的冲动。冲动的不仅是他的心，还有他的身。

过了一会儿，他听见宝珠激动地说："出来了，我看见孩子的头了，头发又黑又密。使劲，把你所有的力气都使出来！玉娇，使劲啊，万里长征，胜利就看这一下了！"

又过了一会儿，他又听见宝珠的声音："使劲啊，你可要使劲啊！我们女人命苦，可为了孩子，我们什么苦都不怕。"

"我已经没有力气了，没有力气了……我不生了，太疼了。"玉娇感觉自己全身乏力，再也无法使劲了。

"你这说的什么话！孩子马上就出来了，你像个当妈的样子吗？玉娇啊，你听我说，咱们女人生孩子是光荣的事情，咱们要对得起孩子，也要对得起自己。"宝珠两手托着孩子的脑袋，想把孩子轻轻地往外拉，可就是拉不动，孩子头围太大，卡住了。

宝珠慌了，接生多年，头一回遇上这样的难题。

这时，志标从里屋冲了出来，一个箭步蹿到玉娇的床边。

"阿标同志，女人露胯露腿，你就别进来添乱了。不合适。"

"人命关天！还有什么合不合适？现在最重要的是要保证母子平安，其他都不重要，要是有个万一，你和我以后都不会好过的。再说，这都改革开放了，咱们的旧思想也该改改了。听说在国外，妇产科还有男医生呢，人家不也照样吃喝拉撒吗？"

"还有这事啊，那你说怎么办呢？"

“产妇现在主要是没有力气，阿琴，你盛碗米饭来，喂她吃下去；阿光，你站到妈妈的身边，给妈妈打气。从现在开始，我们三个人要配合，不，是四个人。我数‘123’，产妇和你同时用力，产妇往下使劲的同时，你把孩子轻轻往外拉。记住，你和产妇用力的方向和时间要一致！”

志标看着玉娇的眼睛，郑重其事地说：“产妇记住了吗？”那眼神好像是在给玉娇一个安心的承诺：“放心，有我在呢！”

4

二十多分钟过去后，孩子终于生下来了，是个女孩。玉娇把女儿搂在怀里，目光却止不住地在志标的身上打转。有几个瞬间，她的目光和志标的目光发生了偶然的碰撞，她看到了志标眼中的泪光。她不确定那泪光是否为她而生，但她知道，那泪光里有她渴望已久的暖，让她总是忍不住无意有意地去触碰、去追逐。

而对于志标来说，这个刚生完孩子、一脸疲态的女人不是进入他视线的唯一，进入他视线的是让他前一秒感到绝望后一秒又充满希望的整个场景。这场景让他陷入了对人生的思考，思考里有着他的人生与别人的人生的比较，也有着他对别人人生的唏嘘慨叹。他看看玉娇，又看看玉娇怀里的婴儿，再看看站在一旁一脸困惑的小光，总觉得这一幕太不真实，好像他不经意间闯入了一个陌生的时空。在这个时空里，处处是对未知的无奈。他想逃出这个时空，可又觉得一个人逃走实在太过残忍，于是，他突然有了带着他们一起逃走的冲动。在这种冲动下，他又看了看玉娇，发现玉娇也正看着他。看见自己的脸庞映在玉娇深邃的瞳孔中，他知道，自己已经情不自禁地融入了玉娇的世界。玉娇眼睛里透出各种复杂的情愫，是渴望，是欣赏，是乞求，是探究，让他陷入了从未有过的迷乱。他迷茫了，极度渴望拥抱这个让他深深怜悯的女人。

他要拯救她，救她于涂炭，救她于无奈。他誓要让她生辉。那时候，他已经全然忘了，在三清镇的某个房子里，他自己的太太阿花正一个人孤零零地与肺结核做着残酷的斗争。在他的耳中，阿花的咳嗽声和她的叹息声一样，普普通通，司空见惯。

“阿标同志，这么晚了，你回去休息吧？”宝珠看出了端倪。

“宝珠嫂，得亏有你在啊！”玉娇的目光不情愿地从志标身上挪开，移到宝珠的脸上。她眼中流露出的反常的幸福，没有逃过宝珠睿智的双眼。

“你别谢我，谢谢阿标同志吧。得亏有他在，不然这暴雨天的，可怎么办啊，医院也去不了。万一你们母女哪个有半点闪失，你叫我以后怎么活啊！”

“谢谢你，阿标同志。”玉娇脸红了。

“别客气，母女平安，就是最好的感谢了。阿光的爸爸怎么不在家，去哪里了？”

“年初又去福建了，在那边工地干活，这一去又快半年了吧？”宝珠说道。

玉娇点点头：“有大半年了。”

“这个村里大部分男人都出去打工了，就留下妇女和孩子，连生孩子的时候丈夫都不在家，你们这日子过得够难吧？”志标看着玉娇，心仿佛被枯藤缠住，一阵发疼。

“再难也得忍着，男人不出门，天天守着家里这几亩田，连饭都吃不饱。”玉娇答道。

“可不是，哪张嘴巴不是要吃饭的？这就是命，咱的命就不如镇上的女人们好，她们开个店，摆个摊，也比咱们下地干活强多了。”宝珠说道。

他们你一言我一语地聊着，直到暴雨停歇，台风过去。

那一夜，玉娇感觉自己重生了。

志标，这个看透她身体的男人，像一阵暖风，吹绿了她原本贫瘠不堪的心田；像一汪清泉，滋润着她干涸的灵魂。

就这样，小雪和志标几乎同时来到了她的世界。从此，她的人生有了另一副模样。

第四章　大山奥秘　女人悲戚

1

回村第二天清早，玉娇醒来的时候，太阳已经高高地挂在天上。阳光打在大金山山脚的水库上，水面波光粼粼，一群红色的鲤鱼在水中欢快地游来游去。

大金山上，孩子们在树丛中四处散落，认真地寻着蘑菇。夏季，正是采蘑菇的好时节，蓝靛（当地对牛肝菌的俗称）、苦菇、松茸、红菇，还有许多不知名的蘑菇，静静地藏匿在山林中，像精灵一样，静待着孩子们的到来。

在众多的蘑菇中，属蓝靛最受孩子们追捧。浅棕色的大长腿配上乌黑厚实的菇朵，让它们看起来比别的蘑菇更高贵深沉。它们的口感爽滑细嫩，香浓多汁，比别的蘑菇更胜一筹。它们数量不多，喜欢长在隐蔽的枯叶丛中，藏匿很深，这更加激发了孩子们觅得它们的渴望。所以孩子们去大金山，只寻蓝靛，其他菇种根本入不了他们的法眼。仿佛蓝靛才是群菇之王，其他的蘑菇都只能沦落为杂菇。

孩子们若是在山上遇见各色杂菇，一律只是路过，眼不瞧，手也不沾，一脸嫌弃，好像是在唾弃杂菇们的低劣丑陋，更像是在怪罪杂菇们分散了他们寻觅蓝靛的注意力。

对孩子们而言，与其说采蘑菇是一个游戏，不如说是个证明自己能力、实现自我价值的生产活动，更像是一场抢夺资源的战争。蓝靛是稀有品种，可以到集市上卖个高价。

孩子们采了蘑菇，从来不怎么吃，他们迷恋的不是蘑菇的美味，而是找到蘑菇时让人陶醉的兴奋，以及蘑菇变成钱时的欢喜。

孩子们拨开树枝，钻进树丛，俯下身，扒开厚厚的枯叶，瞪大眼睛，地毯式搜寻蓝靛。他们找得很是细致，恨不得把大山翻个底朝天，只为看见蓝靛露出黝黑的头顶，调皮地闯入他们的视线。若有谁看见成窝的蓝靛突然冒出，必定心跳加速，小手发抖，满脸喜悦，好像找到了无价之宝。由于害怕别的孩子听到动静后，跑过来抢地盘，他们绝不会激动得又叫又跳，而是悄无声息地将蓝靛一个个轻轻地采下，放入筐中，然后若无其事地在附近接着寻觅。

要是遇上几个孩子同时发现同一群蓝靛，那就看哪个孩子的手快了。那些手慢的，就算是有一万个不愿意不服气，也只能暗自神伤了。

寻蘑菇也是技术活，有的孩子总是满载而归，有的却常常无功而返。

那些满载而归的仿佛参透了整座大山的奥妙，也熟练掌握了蓝靛的生活习性，只要他们一出手，蘑菇就很难逃出他们的小魔爪。可那些无功而返的，常常费了九牛二虎之力，也最多觅得一二，大部分时间，他们只能巴巴地看着别人在林间如鱼得水，扬扬得意。为了证明自己不是无能，那些技术不好的，总是起得更早，去得更勤，也寻得更加焦急。

唯有小光与众不同，他虽总是满载而归，却也总是去得最早，回得最晚。没有母亲在身边的日子，他把大山当成了自己的妈，只有在那寻蘑菇的时光里，他才能收获满心的欢乐。他不仅找到了蘑菇，还找到了自己，找到了他还不大明白也无法形容的心灵缺失。他只觉得自己是一只穿山甲，于大山中摸爬滚打，自由快乐，常常忘了自己还有个妈。只是那自由太过泛滥，百无聊赖之时，他又总是萌生被管束的渴望。

孩子们都说，小光是个死脑筋、坏心肠，采了满筐的蘑菇不吃，也不拿去卖，放在家里烂着，生虫、发臭，还不如少采一些，给村里的其他孩子们留些机会。

可他们哪知道，那蓝靛就是小光的性命，是他唯一引以为荣的骄傲。

2

小光的好兄弟大河，就是那技术不好的，无论他如何费尽心思，都寻不到蓝靛。无奈之下，他只能采些无人问津的杂菇。小光看不下去，每次都往他的筐里放上几朵自己采的蓝靛，以表示对他的鼓励。大河半推半就，总觉得自己比小光年长好几岁，却总让小光施舍，实在有些丢人。可如果筐里一朵蓝靛都没有，回到家又必然遭到他母亲彩月的数落：“你就是个二百五！天天起早摸黑，什么都没捞着，在那山上瞎扒拉，还不如乖乖待在家里，帮忙烧火喂猪，或者看书写字。你说你，还比不上阿光那个没爸没妈的野孩子，蓝靛个个自动往他的筐里窜，跟着了魔似的。”

每当听到彩月这么说，大河就壮着熊胆，小声接话：“他哪里没爸？人家还有两个爸呢……一个在外头挣钱，一个陪在家里，你看人家妈，多能耐，再看看你？”

一听这话，彩月立刻没了回应，也没了脾气，蔫蔫地转过头去，陷入了沉思，也陷入了悲伤。

大河知道那是彩月的软肋，他捏准了，就给自己长了志气。可说完，看到彩月的反应，他又觉得自己实在太过残忍。那一刻，他感觉现实太悲壮，也觉得自己实在非同寻常。

而最让大河觉得非同凡响的还是小光的妈妈，那个和他差着辈分的女人，却好像与他有浑然天成的心心相印。她那黑油油的长发，像瀑布一样，垂挂至糯米般柔软的腰肢上；她那粉嫩的脸颊，和他家小猪崽身上的颜色一样动人可爱。她笑起来的时候，嘴角两个深陷的酒窝，左右忽闪，灵动娇俏，常常让他忘了她是小光的妈。在他眼中，她明明就是一朵玉兰，即使盛开在粗糙的时光里，也总是精致美好、婀娜甜香。他断定，玉娇本是个远离凡尘的仙子，不小心坠落到他的世界里，供他远远地、静静地观赏。虽然，他知道，他不是唯一喜欢这样观赏她的男人。不，是男孩。

在大河眼中，玉娇的非同凡响还表现在她看起来十分潇洒释然。她活泼开朗，来去自如，像风一样。她的笑声错落有致，如山泉水落入井中，叮咚作响。她话不多，却总是一针见血，有理有据，不像他自己的妈，彩月，每天唠叨没完，别人也不知道她究竟想说什么。从两个女人的身上，大河知道，女人和女人真的不一样。他不清楚，究竟是什么造就了这样的不一样，只是听说玉娇的父亲是个小学老师，不同于一般的山野村夫。他教她读书习字，也教她人生哲理。玉娇虽然小学毕业后就辍学了，可是她写得一手好字，懂得大是大非。

早年，在志标出现之前，村里的女人们都找玉娇给自己在外头打工的男人们写信。写着写着，便成了玉娇和男人们的对话。男人们在外头惦记着玉娇的字、玉娇的信，回到村里，又开始惦记玉娇的人。女人们这才觉得不妥也不快，后来就再也不敢叫玉娇写信了。这信虽不写了，可谁又能保证，男人们就不惦记玉娇的人了呢？

幸而，有一天，张志标出现在村里，终于又有人帮女人们给外头的男人们写信了。可是写着写着，女人们也渐渐搞不清楚是写给志标，还是写给自己的男人。这个让她们能闻到气味、听见呼吸，看得到却摸不着的男人，远比在外头的自己的男人更让她们留恋和陶醉。

开始的时候，她们还计较，在志标的眼中，自己究竟是什么样的存在。她们是山间无人问津的野百合，志标刚好路过，瞟了几眼，又匆匆离去。可那山间的野百合多了去了，谁能知道自己究竟是不是志标心口的那朵呢？她们是飞过志标眼前的蜜蜂，让志标避之不及，生怕被蜇伤了，脸上起个恼人的丑陋的包，可志标又怎会心疼为了蜇他不顾生命、赴汤蹈火的蜜蜂呢。到了后来，她们再也无心算计了，只要志标出现在村里，只要志标踏过自家的门槛，只要他睁大眼睛看过自己，她们就心满意足了。

就这样，志标成了女人们的共同财产，他像一轮皎洁的明月，照亮了女人们暗涩的沟渠。

暗夜里，女人们就着朦胧的月光，抚摸着孤独的乳房，陷入了和志标若有若无的鱼水之欢中。

连孩子们都知道，志标不是某一个女人的，他是所有女人的。志标绝不应该只属于某一个女人。

可是偏偏，就在小雪出生的那个夜晚，一切都变了。志标成了玉娇的专享。

3

女人们咬牙切齿，捶胸顿足，醋坛子碎了一地。失落感、挫败感、孤独感交织在一起，在她们的胸口兴风作浪。与其说她们恨极了玉娇，不如说她们厌极了自己。

她们走到镜子面前细细端详，不停地问自己：我究竟哪里不如她？她有的，我不都有吗？她的乳房也不比我的壮观呀！她的手臂不也和我的一样粗壮吗？难道她发出的声音比我的更嗲更骚？难道她那沟渠里，藏了什么不可告人的奥秘？

她们甚至怪上了自己的肚皮，为什么不能在一个风雨交加的夜晚，来一场生死决断，造一次风花雪月的浪漫。

落寞的何止女人们，孩子们也怅然若失。他们感到困惑，为何那个玉树临风、英俊潇洒、高大阳光的叔叔，突然冷落了自己？在他们眼中，那可是一个父亲该有的样子。他们开始思念志标轻轻地拍着他们的头，跟他们说“好好读书，长大了孝敬母亲”；思念志标把自己托举起来，在空中打转，逗得自己咯咯直笑；思念志标给自己买的麦芽糖，散发着一股浓甜的香……渐渐地，孩子们看小光的眼神发生了变化，总觉得小光变得傲慢了，连他筐里的蘑菇都让人厌烦。

就连内心淡定的大河，也陷入了悲喜交加的彷徨。

他既看到了彩月的盼望在她枯黄的眼眸中落败，也看到了玉娇的灵动在她粉嫩的脸蛋上发光。他一边心疼彩月的失去，一边喝彩玉娇的获得。可相比之下，他似乎更加在意玉娇的感受。他有时候甚至怀疑，自己究竟是不是彩月亲生的。不知为何，彩月常常让他觉得懊恼，可玉娇却总是让他感到美好。

在大河眼中，谁能使玉娇快乐，谁就是好人，志标也不例外。所以大河对志标从来没有敌意，只有艳羡和崇拜。他相信，志标是他的榜样，也该是他未来的模样。

如果说，有什么让大河觉得怅然若失，那就是有了志标以后，玉娇不再像从前一样总是喊着他的名字，叫他帮忙了。

之前，当他有意无意地走过玉娇家的门前，玉娇常常喊住他：

“大河啊，快进来，帮婶子抬一下竹筐。好孩子！”

“大河，能帮婶子把水提进来吗？好孩子。”

“大河，小猪崽饿了，帮婶子把猪食倒进槽里。真是个好孩子，我家阿光长大了，有你一半，婶子就知足了。”

听着玉娇的呼唤，大河心花怒放，无论玉娇叫他做什么，他都愿意帮忙。玉娇的需求，让他错以为自己已然是一个男人。如果每一次玉娇叫他的时候，省略“好孩子”这几个字，那就更好了。难怪彩月动不动就满腹牢骚：“你这个白眼狼，人家是给你奶喝了，还是给你饭吃了？你成天跟丢了魂似的，让人家使唤，干脆，你认她做妈好了，别回来了，我眼不见心不烦。”

“行啊，那我认她做干妈，有两个妈疼着，准是好事！”

这时，大河犯起了调皮，逗彩月道。

“你要是有本事，就让她把那栋新房子给了你，别说是让你认她做干妈，就是喊她祖宗，我也愿意。”

“你儿子就这么不值钱？为了一栋房子就给卖了？”

“儿子给了别人，可以再生；新房，那可是稀罕物，咱们全村就数她家房子崭新明亮。再看看咱们的，进了门就跟进了狗窝一样。都怪你那个爸，早早抛下我们娘俩，我这命啊！”

“放心，等我长大了一定给你盖一个比她家还气派的大房子，再娶几个媳妇伺候着您。您呀，就跷着二郎腿，晒着日头，享福吧！”一见彩月开始较真，大河连忙打趣道。

“还几个媳妇呢，别单身就不错了，连采蘑菇都不会，还不如阿光那个野孩子。你这个吃里爬外的，要是能盖大房子，肯定也得让阿光的妈来住！”

“那不是更好吗？这样就有人陪你聊天了！”

“你这臭孩子，哈哈哈哈。”彩月终于笑了，大河放心了。

只是，彩月的笑，是俗气的，是普通的，是没有精神内涵的，不像玉娇的笑，饱含深意。好像她的笑里藏着千言万语，却不对你说，如果你懂，自然会懂。

第五章　触景生情　回眸点滴

1

回村的第三天早上，小雪伸手摸了摸玉娇的脸，将睡梦中的玉娇吵醒了。玉娇在小雪的额头上亲了一口，爬起来，走到走廊上，看着大金山，想要找到小光的身影。只是大金山实在有些远，她认不出哪个是她的小光，也不知道小光穿了什么颜色的衣裳。她这才意识到，已经太久没有给小光买衣裳了，竟忘了小光的衣裳都长什么模样。她不禁又开始怪起了自己，真是个不尽责的母亲。

虽然没有找到小光，她倒是看见了大金山山边，一棵苍天大树上，挂着一个褪色的竹篮。那个竹篮她最熟悉不过了，是 7 年前她叫人挂上去的。竹篮里有只猫，如今已经成了伴着几撮黑毛的尸骨了吧？她还清楚地记得那猫的毛发，原本黑得发油发亮，跟她的长发一样好看。只是那猫愚笨，没长脑子，竟因为吃了被药死的耗子，口吐白沫，突然死了。

猫死的时候，她没有哭，也不觉得难以割舍，因为猫活着的时候，她就不愿意看那猫的眼睛。她觉得那眼睛像是一个无底洞，让人看不透、猜不准。在黑咕隆咚的夜里，那猫总是莫名出现在她的房里，站在她的床边，看着她，眼睛里发出瘆人的光，吓她一大跳，她每次都以为遇见鬼了。她尤其不喜欢听那猫的叫声，那么哀婉幽怨，那么歇斯底里，又那么暧昧骚气，让她听了全身起鸡皮疙瘩。

她实在看不起那猫，好像没了雄性就活不了了似的。所以每年到了猫的发情期，夜夜听着猫肆无忌惮地嚎春，她就觉得恶心烦躁。

最让她害怕的是，万一母猫招来了一群公猫，胡乱交配，到头来生出许多小猫，却不知道猫的父亲是谁，多么可耻，多么可笑！她连自己的孩子都喂不饱，又怎能顾上喂饱那些小野崽呢？临了，猫崽们说不准也吃了个被药死的耗子，一命呜呼，和它们的妈一样，下场不堪。

于是乎，猫死的那一刻，她觉得自己了了一桩心事，倒心静如水了。

当年，她看着那猫的死状，问了它一连串的问题：

“死了以后，你还会叫春吗？

“那些你伺候过的公猫，有泪流连连，追着你去的吗？

“到了阴间，你不会还是只猫吧？

“都说你有九条命，这回是第几条命？若条条都是猫命，有九命又有何用？”

可如今，她再看见那猫，倒觉得十分亲切心疼，好像那筐里躺的不是猫，而是她自己——被挂在高高的树梢上，一点儿都不接地气，和世上的人有了一段无法跨越的距离。她和那猫一样，是个异类。而那猫的叫声，如今想起来，也不再那么叫人厌恶了。她甚至从中听出了些许生动和几分真诚。原来那叫声不是流于表面，而是来自灵魂。

她觉得，她欠那只猫几分尊重，就像世人欠她几分尊重。就像当年她无法走进猫的内心一样，如今，又有谁真的走进过她的内心，了解过她的疾苦？凡是不懂别人内心的人，又有什么资格对别人乱加批判，还头头是道，句句是理？

她知道，在别人眼中，她和志标的纠缠是有伤风化的堕落，是不顾一切的飞蛾扑火。谁曾想，对她而言，却是化茧成蝶，浴火重生。是志标带着她走进了一个她本无法想象、从未靠近过的肉体和精神交织的和谐世界，在那个世界里，她沉醉在巫山云雨中，精神、心灵也日渐丰满。她开始更懂别人，更懂自己，也更明白了什么是人生。志标，就像那田间茁壮成长的秧苗，绿化了她心底贫瘠的土地；又像那山上盛开的杜鹃，美化了她的人生白卷。她在志标的世界里沐浴春风，志标在她的怀抱中甘愿沉沦。

当他有些霸道地侵入她的身体，在她的沟渠里一深一浅、自由来去的时候，他的脸上总是泛着羞涩的潮红，眼睛里却射出渴望的凶光，仿佛他要用那目光将她彻底融化，完全侵吞。而她呢，无须刻意搔首弄姿，就能在他的眼中妩媚尽显。她配合着他抽动的节奏，细吐着如猫叫一样酥嗲的呻吟，那呻吟越往后，越高亢嘹亮，直到一声大叫，刺破云巅，如山洪一般，彻底释放。每每在她释放之后数秒，他也自然地卸下渴望，虽筋疲力尽，却也不忘将她搂在怀中，亲吻夸奖。

对于她来说，那轰轰烈烈之后的平静相拥最是迷人。

她自己的男人显树从来不懂这样的相拥。显树的单刀直人、显树的双眼紧闭、显树的速战速决都让她觉得，做爱不过就是一场为了配合男人发泄欲望的粗暴乏味的肉体运动。

2

当年，她如一朵栀子花，盛开在西阳村中，仿佛自带香气，走到哪里都引来侧目无数。

那些目光包含的内容太过繁杂，她实在无心斟酌判断，也害怕被无意灼伤。她只想蜷缩在自己的世界里，不受干扰，不被打量，求得一片心安。

可那心安，实在来之不易。无论她如何刻意避开人群，是非也总会找上门来，哪怕她安静得像一只灶鸡虫儿，每天只守着自家的灶台。

18 岁那年，她在家生火做饭，突然闯进来一个女人，大声嚷叫着。

“我老公呢？你这个狐狸精，把我老公藏哪里了？”

玉娇被吓了一跳，手足无措，支支吾吾地答不上来。

“我问你呢，我老公呢？”女人双手叉腰，怒目圆睁，一副要把玉娇撕碎的架势。

“我，我没有看见你老公！”玉娇战战兢兢地，如一只丢了魂的小白兔，说话时连气都不顺了。

“你没看见？昨天还有人看见你和我老公在那山上搂搂抱抱的。都说你从小就是一个狐狸精，还真不假呀！瞧你这满身骚劲，呸！”女人说着，往玉娇脸上就是一口唾沫。

玉娇感到恶心至极，全身上下，每一处肌肤都过了忍耐的极限。

她抄起手边的水舀，走到水缸边，舀起一舀子冷水，泼到了女人身上。女人的满腔怒火瞬间被浇灭，悻悻地走出了玉娇家的大门。

玉娇看着女人的背影，突然有了深刻的领悟。那时她才发现，面对无理之人，不能忍气吞声，抗争才能生存。

从那以后，她再也不惧怕别人的侧目，走到哪里都昂首挺胸。

至于“狐狸精”那个无端的称呼，玉娇的耳朵早已听出了老茧。在她出生那一年，村里有个人在山林里抓到了一只银白色的狐狸，关在自家笼子里，锁上铁锁。可就在她出生的那个早上，笼子依然好好地锁着，狐狸却不翼而飞了，再加上她的胸脯上长了六个大小不一的点，人们都断定她一定是那狐狸转世的。

就这样，玉娇和狐狸精挂上了钩，连她身上的气味，都被闻出了骚。

至于她的胸前为什么比别人多了四个点，她自己也觉得费解。幸运的是，那六个点中只有两个长成了乳房，其他四个都成了黑痣。

为了她那个瘸腿的哥哥季山能娶到媳妇，她心里纵使一万个不愿意，也只能答应换亲。两家父母商议，只要显树的妹妹爱英答应嫁给季山，玉娇就答应嫁给显树，并且玉娇家补贴给显树家3000块钱。于是，玉娇刚见显树的第一面，就点头答应了，定下了终身。

因为她清楚，就算她不答应，反抗起来，一哭二闹三上吊，也不会改变结果。她的婚姻注定是和她哥哥的婚姻捆绑在一起的。这是她的命，无力抗争，又何必抗争。无法改变事实，不如忍痛拥抱事实。好在显树长得高大威猛，看着憨厚老实，脸上总是挂着浅笑，在换亲的情况下，这样的条件已经很不错了。

所以，她和显树之间没有所谓的选择，只有必然的接受。自从她 10 岁那年，季山被牛撞伤致残之后，她的父亲就定下了换亲的基调。作为家里唯一的女儿，为了不让父亲断了后，她只能自我牺牲。

她和志标好上以后，内心最大的恐惧不是被显树发现，被他抛弃，而是担心如果她和显树分开了，去追求自己想要的人生，显树的妹妹爱英却只能跟季山继续生活。玉娇总觉得她自己是个换亲协议的破坏者，十分对不住爱英。

3

“妈妈，哥哥回来了，采了一大篮子蓝靛，你快下来看看！”小雪的话将玉娇的思绪拉回。

她走下楼梯，看到小光正拎着个大篮子，一脸自豪地站在她跟前。篮子里，一个个黑溜溜的蓝靛静静地待着。玉娇张着嘴，想要说几句夸奖小光的话，却不知为何怎么也说不出口。小光脸上原本的自豪渐渐散去，变得有些垂头丧气。小雪看出端倪，连忙说：“哥哥采蘑菇可厉害了，是咱们村最厉害的，号称‘蘑菇头’！”

“采了这么多，是够厉害的，要是妈妈去采，能有你的一半就不错了。”玉娇说着，脸上虽带着笑，却总有些不太自然。她也不知道究竟是怎么了，总觉得对小光的夸奖有些造作和别扭。

“这算什么呀，楼上还多着呢！你跟我上来。”小光拉着玉娇到了楼上，打开里屋的柜门。柜子里放着一个大大的编织袋，袋子里装满了晒干的蓝靛，散发着一股浓烈的香臭交织的气味，呛得玉娇直打喷嚏。

“妈妈，这些都是哥哥采的，也是哥哥晒的，他说等着你回来做给我们吃!”小雪说完，抬头看了看小光，生怕自己说错了话。

小光有些羞涩地低下头，不敢看玉娇的眼睛。

而玉娇呢，早已经泪流满面，泣不成声。她把两个孩子紧紧地搂在怀里，许久都说不出话。各种滋味在她心头交错翻滚，是感动，是亏欠，是懊丧，是自责。

那一刻，她更加坚定了留下来的决心。

6 年来头一次，她如此渴望回归，不管回归的路有多么艰难。至于张志标该怎么办，好像已经不是那么重要了。

第六章　回归初心　赫然逝去

1

玉娇回村的第四天早上，5 点钟，天刚蒙蒙亮，小光就早早地起来，轻轻地走到玉娇床边：“妹妹，快起来，去采蘑菇了！”小光把声音压得很低，伸手拍了拍睡梦中的小雪。

“好的，哥哥！”小雪睁开眼睛，看了看小光，又看了看躺在身边正轻微打着呼噜的玉娇，然后快速穿上衣服，跟着小光蹑手蹑脚地走下楼梯。

早上 9 点钟，小光和小雪抬着一大篮子蓝靛回到了家，兴高采烈地喊着：“妈妈，我们回来了！”可是没有听见玉娇的回应。

他们提高嗓门，又叫了几声，依然没有听见玉娇的回应。

“妈妈不会又走了吧？”小雪心一惊，手一松，篮子掉了，蓝靛散落在地上。

他们一前一后，火急火燎地快步跑上楼，看到玉娇平静地躺在床上，这才长长地松了一口气。他们相视而笑，有种失而复得的感觉。

小雪碎步跑到床前，推了推玉娇：“妈妈，快起床啦，我们采了很多蘑菇，快起来看看。今天我找到一大窝蓝靛，我数了一下，有 14 朵，可新鲜了，你快起来看看。”

小雪说得兴致勃勃，玉娇就是没有反应。站在床尾的小光看着玉娇很是异常，心里咯噔了一下。他三步并作一步走到床头，伸手在玉娇的鼻孔处探了探，又迅速收回。他大惊失色，快速跑下楼去，跑到了宝珠家。

还没等小雪反应过来，宝珠一声大叫，出现在玉娇的床边。

玉娇断气了。

紧接着，玉娇的房间里陆续来了越来越多的人，大部分是女人。人们没有说话，屋里回荡着一阵又一阵叠加的抽泣声和一声又一声拉长的叹息，直到村长跑来，开了声：“怎么搞的，怎么就……昨天还好好的啊！怎么，怎么就死了？天哪，天哪，天哪！显树还不在家，啧啧啧，怎么办哪！”村长面朝玉娇的床头站着，半闭着眼睛，不敢睁眼直视玉娇白如石灰的脸庞。

“不知道，阿光跑到我家，说，说他妈好像没气了，我赶紧放下手头的活跑了过来，就，就看见她这么躺着了……”宝珠满眼含泪，说得断断续续。

“别哭，千万别哭，一个哭了，全村都该哭了。女人家家的，就知道哭，眼泪能管什么用！快，快！叫个男人来，抬到楼下去，按老规矩，断气了就不该留在楼上。显树现在在福建，不能等他回来才动手啊！”

“发电报，发电报给显树！通知玉娇娘家人，不不不，不能通知！我的老天爷呀，你叫我怎么办呀！”

村长摇晃着脑袋，来回踱步，像一头深陷泥沼的老黄牛，失魂落魄，不知所措。平日里“万事能奈我何”的自负，顿时消失得无影无踪。

“还是主动通知她娘家人吧，纸包不住火，万一消息传到玉娇父亲的耳朵里，事就大了。”人群中，传出一个女人的声音。

“怎么传出去？只要本村人不说，谁会知道？难不成一头牛跑到他们村，开口说话了？你们啊，这两天把嘴给我闭紧了！要是让我知道谁跟外村人提起，我叫他好看！”村长的脸拉得老长，语调抑扬顿挫，强装强硬的语气里，透出明显的慌张和恐惧。人生头一次，他陷入了悲哀和无助。

“报案吧，村长！”人群中响起一个声音，短促有力。那声音来自大河。

“报案干什么？明显就是自己吃药死的，你一个小孩子，别添乱了！”村长颤颤巍巍地拿起了立在床头柜上的褐色瓶子，“看看，看看，这写着什么？我虽然书读得不多，‘敌敌畏’几个字总是认识的。你看看她嘴角黄了吧唧的东西，这还不清楚吗？玉娇分明就是自己喝敌敌畏死的，报案做什么？报案不是给公安添乱吗？”

“你快放下那瓶子，你的指纹会覆盖凶手的指纹！”大河一声大叫，把村长吓了一跳，村长手一抖，敌敌畏的瓶子瞬间滑落，幸好他动作敏捷，双膝一跪，瓶子又落回了他的怀里。

“我的老天爷呀，这是作的什么孽啊！”跪在地上的村长，用拉长的声音发出了一声深长的感叹。他颤抖着搂着瓶子，头上汗珠直冒。他目光呆滞，定格在地板上，像是失去了站起来的冲动和能力。“老天爷啊!”突然，又一声拉长的感叹，他哭了起来。

与其说是哭，不如说是叫，是从胸腔挤压出来的歇斯底里的呐喊，是干打雷不下雨的焦灼情绪的宣泄。从未见过村长哭的村民们，尤其是女人们，都怔住了。她们万万没想到，这个成天大言不惭的男人，竟也有如此无助的时刻。那一刻，女人们仿佛有了一种她们自己也说不清的领悟。

“村长，你快把那瓶子放下，你这样会把瓶子上面的指纹擦掉的！公安破案，指纹是非常重要的证据，很多时候都是靠指纹找出凶手的。”大河十分焦急。

“什么凶手不凶手的，你一个小孩子，不要乱讲话。”村长这才停下了呐喊，迅速将瓶子放回原处，一个起身，站得笔直。

“现在，我以苏山头村长的身份，郑重地宣布三件事情：第一，玉娇是自杀的；第二，赶快派人给显树发电报；第三，显树回来之前绝不能让玉娇娘家人知道玉娇已经……”村长清了清嗓子，突然昂首挺胸。他情绪转换之快，叫人瞠目结舌，就像电视突然换了一个频道。

“仅凭一个瓶子，就说她是自杀的，这也太草率了吧？村长，你不想报警，不会是有什么见不得人的私心吧?”大河用反问表达了对村长的质疑。

“什么私心，我能有什么私心？当了你们十年的村长，哪件事不是吃力不讨好的？为了你们，我都是紧着自己吃亏，你这个小孩子家家的懂什么呀？我说不要报案就不要报案，你是村长还是我是村长？我是苏山头的一村之长！关键时刻，就得听我的！”

“不对，国有国法，家有家规，既然现在阿光的爸不在，报不报案就该由阿光和小雪决定！你是村长没错，可你不是她的亲属，生死大事，当由亲属决定！”大河的话，铿锵有力，把屋里的人都给镇住了，人们纷纷把目光投到大河的身上。

“你这个小娃娃还跟你叔杠上了？”村长用手指着大河，原本发青的脸上泛起了潮红。

“村长，你是我叔没错，你是村长也没错，可我现在毕竟上着高中呢，我学的东西不比你少，你懂的也许我不懂，可是我懂的你也不一定懂。不然这样，报不报案这事，咱也别争了，问问大伙的看法。”

“行行行，咱们就看看乡亲们是听你的还是听我的。大伙说说看，要不要报案？”

“报什么案哪，人都断气了！这不明显就是喝药死的吗？”村民们的反馈高度一致，出乎大河的意料。

“报案，一定要报案！我听大河的！”听见小光坚定的声音，人们又把目光转向了小光。

因为没有听见小光和小雪的哭声，人们差点忘了，屋子里有两个孩子刚刚失去了亲妈。于是女人们又开始困惑：两个孩子怎么一滴眼泪都没有呢？

村长更是一脸愕然，突然没了主意。

“村长，报案吧，尊重阿光的意思。万一那农药不是阿玉婶自己喝下的，你担待得起吗？对得起阿玉婶的在天之灵吗？”

“行行行，报案，报案！我这就去报案！”村长妥协了，虽然妥协得十分勉强。

“村长，我跟你一起去，阿光、小雪和宝珠伯母在这里守着，谁也不许碰阿玉婶的身体。一定要等公安来。”

“大河啊，你长能耐了啊，当起总指挥了啊！”村长虽觉得丢了面子，可也拿大河无可奈何。

“村长，是不是要通知阿标同志啊？”人群中有个女人问道。

“通知他干什么？还不够丢人的，还做梦哪？按我说，这个张志标就很可疑，指不定就是他干的。”

“村长，人命关天，你可不能随随便便往阿标叔叔身上泼脏水，这叫诽谤，诽谤也是犯罪！”村长还没说完，大河又连忙提醒道。

“行行行，就你懂得多。你叔啊，以后都得拜你为师，不知天高地厚的浑小子，看公安怎么笑话你！明明是自杀，还非得报案。”

2

村长和大河离开后，大约过了一个小时，玉娇的父亲付家耀带着一群人，手持棍棒，怒气冲冲地朝玉娇家跑去。到了玉娇家门口，付家耀背对着人群，举起右手，人群立刻停下脚步。“你们先等着，让我先进去看看我女儿。”

付家耀步履蹒跚地走上楼梯，好不容易到了玉娇房门口，他朝屋里看了一眼，就瘫倒在地上。宝珠见状，急忙走过去，伸出手想要将他扶起。

“别碰我！”付家耀一声大吼，宝珠连忙又向后退回了人群中。

而后，他膝行匍匐，痛哭流涕，像个还不会走路的孩子，一点点爬向玉娇。

“阿娇啊，爸对不住你啊！”

“大伯，你别哭了，你快起来，我倒要看看，他们是怎么逼死我妹妹的。”付家耀刚爬到玉娇跟前，一个彪悍的男子拿着一把铁锹冲了进来。

“对，你告诉爸，到底是谁把你逼死的？爸要把他碎尸万段！”付家耀站了起来，情绪由哀伤迅速转换成了愤怒。

“你们这些长舌妇，天天没事嚼舌头根子，肯定是你们把我妹妹逼死的。到底是谁把她逼死的？爽快点认了，要是不认，就当是你们合起伙来害死我妹妹的，我一个也不放过！”付国栋将铁锹柄用力地叩击地板，发出一阵急迫吓人的声响。

女人们见状，纷纷退到了阳台处，只有苏达荣在原地站着，没有挪动半步：“亲家公，玉娇发生这样的事情，我们心里也难受啊！昨天还好好的，谁曾想今天就……请您一定节哀。可是冤有头债有主，要说真是谁害死了玉娇，咱们也得等公安到了再明辨。光凭猜测，就怕冤枉了好人啊！”

“好人？你们村有一个好人吗？”付国栋斜眼看着苏达荣。

“亲家大哥，您这话是何意啊？”

“何意你最清楚！20 年前，你们村的牛跑了，找不到了，硬说是我们偷的。你们带着妇女、孩子跑到我们村撒泼打滚，闹得鸡飞狗跳，不得安宁。丢了一头牛，你们都可以撕破脸皮，情面尽失，我们今天丢的可是一条活生生的人命！”付国栋的语气十分复杂，时而悲情，时而愤怒。他脸上的肌肉一会儿紧，一会儿松，看得人心里一上一下的。

“牛的事情，是我们误会了。后来我们也派代表到你们村赔礼道歉了不是!”苏达荣用平静却坚定的口吻答道。

“牛的事也就算了。季山结婚的时候，我满心欢喜地带着乡亲们来接亲，可就因为我大伯承诺给显树家的3000块钱，还差500没给全，你们不但不放爱英走，还找了十几个壮汉跑到我们村闹事，逼得我大伯到处借钱，直到一分不差交到你们手里，你们才放爱英走，爱英到我们村的时候天都黑了。玉娇也是那一天嫁到你们村的吧？钱给你们了，人也给你们了，临了你们把钱花了，房子也盖了，却把人给弄死了，叫我们如何咽得下这口气啊?”

“当年的事情，是我们办得不妥。对不住了！我今天代表苏山头的乡亲们，再向亲家公和亲家兄弟道个歉。”苏达荣走到付国栋和付家耀跟前，深深鞠了一躬。

“道歉有个屁用？当年大动干戈地跑过来，要把我们灭了的架势，我们的女人和孩子都吓出病了。”

“亲家公，亲家大哥，我给你们跪下了，玉娇嫁到我们村，我们没有照顾好她，是我们的错，大家都跪下，给玉娇娘家人磕个头。”

苏达荣把拐杖一扔，“扑通”一声跪了下去，紧接着，他朝其他人挥了挥手，示意大家都跪下。女人们看着苏达荣的样子，无一例外地哭了起来，好像苏达荣的行为戳到了她们的某个痛点。

她们面面相觑，在跪与不跪之间踌躇挣扎。

苏达荣看着女人们的反应，陷入了尴尬。他低着头，直冒冷汗，直到屋里又跑进来几个拿着木棍的西阳村的壮汉，女人们这才如惊弓之鸟，全跪了下去。

女人们跪下没多久，村长回来了，身后跟着公安和法医。

公安言本快步走进房门，看见房间里的阵势，很是诧异："你们这是干什么呢？干吗都跪着，还有你们，什么意思啊，拿着家伙想聚众闹事吗？"

"公安同志，您误会了，乡亲们觉得对不起玉娇，给亲家公赔礼道歉呢！"苏达荣解释道。

"苏达荣，你别装了，演戏给谁看啊？你这是黄鼠狼给鸡拜年，我们不吃你那一套。"看到公安出现，付国栋的语气不再那么凌厉了。

"你们有什么恩怨，我不清楚，但是今天，我是为付玉娇的死而来的，不是奔着你们的恩怨来的。你们要清算，不要选在这个地方。不过，别说我没有警告你们，谁动手，谁进局子，进去容易，出来可就难了。你们可想好了啊！"

"国栋，准备回村！"付家耀轻声对付国栋说。

"大伯，那我们就眼睁睁地看着他们一次次爬到我们头上拉屎吗？"

"国栋，你先下去，在楼下等我！"付家耀的语气十分坚定，不容违背。

"公安同志，请您还我女儿一个公道！"付家耀走到言本面前，老泪纵横，刚要下跪，被言本两手托住。

"放心，我一定不负您的嘱托，如果付玉娇确实是被人所害，我一定会将凶手绳之以法！也请您节哀保重。"

"我女儿不会自杀的，她不会丢下我不管的！"付家耀说完，头也不回地走出房间，走下楼梯，带着西阳村的人垂头丧气地离开了。

"都给我起来，谁让你们下跪的？你们这样，我这个村长的脸往哪里搁？"

等付家耀一行人走出了视线，村长就扯着嗓门对着人群一通嚷嚷。

女人们见到村长就像见到了救星一样，立刻站了起来。

村长捡起苏达荣的拐杖，走到苏达荣跟前，将他扶起："达荣叔，今天让您受苦了！"

"只要女人和孩子们没事，我吃点苦怕什么？"苏达荣低声说道。

3

言本穿过人群走到玉娇的床边，看了一眼玉娇，又看了看人群。他的目光在每一个人的脸上都停留数秒后，大声说道："大家都散了吧，人这么多不利于查案，散了吧，散了吧。"

人们纷纷散去后，法医戴上手套对玉娇的遗体进行了一番细致的检查，然后对言本说："死亡时间应该是今天早上 7 点到 9 点。人不像是喝农药死的，虽然死者的嘴巴里有农药残留，但是没有典型的农药中毒症状。至于具体是什么原因引起的死亡，通过肉眼很难判断，而且农药瓶上的生产日期是三年前的。"

"你是说农药已经过期？"

"对，如果瓶中的农药不是后来灌进去的话。"

"那过期的农药会不会还没失效？"

"这个很难说，要看她喝的量，就算是过期的农药，喝多了也可能致死。但是从死亡症状看，不是典型的农药中毒。我就是纳闷，为什么是三年前的农药？"

"一个农村人，哪会关注什么生产日期？更何况是农药，说不定就不知道农药有保质期。”

“也是。偏远山区，人们对保质期的意识还比较淡薄。”

“会不会是农药和其他作案手法共同作用致死?”

“这个肉眼很难断定。”

“看来有尸检的必要了。”言本说道。

“恐怕必须尸检了!”

“一说起尸检我就头疼，家属的工作特别难做。尤其是农村，大多接受不了死者死后不完整，还有各种迷信的说法。”

“可现在的问题是，尸检关系到的不仅是死者，更重要的是活着的人们。尸检是为了让死者死得明白，死得有尊严，更是为了避免有更多活着的人被凶手所害。”

“是啊，万一在这大山深处，藏着个杀人不眨眼的恶魔，那村民们的性命就堪忧了。这样，你先回去准备好申请尸检的手续，我这边马上做家属的工作。死者的丈夫应该傍晚就能回来，我先问问死者的两个孩子，做做他们的工作。”

“好，那死者的遗体怎么办?”

“先放着，等到死者丈夫回来以后再说。”

“好！对了，死者的小腹有一处明显的淤青，看样子是不久前刚留下的，不知道和死者的死有没有直接关系。”

“是吗?”言本掀开被子，在玉娇的小腹处仔细查看，看见一处手掌大的淤青：“淤青不小啊，像是死前和人有过激烈的肢体冲突。”

“是啊，如果真是淤青致死，应该是内脏出血导致。根据我以往的经验，这样的淤青致死的可能性不大，但是不排除有寸劲致死的可能，最终也只能通过解剖才能确定。”

“若真是这样，那就是施暴者过失杀人。究竟是谁会对一个女人下这样的狠手？”

“如果是施暴者过失杀人，又怎么会用敌敌畏瓶子制造自杀现场呢？除非施暴过后，死者当场死亡，施暴者情急之下找来农药瓶子做掩饰。要不就是施暴这件事情本身就是策划好的，那就不是过失杀人，而是谋杀了。”

“分析得有道理，一定要先搞清楚这个淤青究竟是怎么来的，是谁留下的。”

“我先走了，得快点回去报告领导并提交申请，有什么情况及时联系。”

4

法医走后，小光、小雪、村长前后脚走进屋里。

“公安同志，我看这人明摆着是喝农药死的，你说还劳烦你跑一趟，我这心里真是过意不去啊。”

“请叫我言本！现在下什么结论都为时过早。接下来查案，还望您多配合。”

“当然配合，当然配合，我是这个村的父母官，村里的乡亲个个是我的亲人，我一定全力配合公安同志。”

“叫我言本。”

“哦，对对对，言本同志！”村长一个劲地点头。

“村长，请您出去一下，我有话问这两个孩子。您出去的时候，请把门带上。”

“小孩子家的，能问出什么呀？他们懂什么呀？有什么问题还不如直接问我呢！”

“村长，是你办案还是我办案？”

“行行行，我这就出去。”言本一脸肃穆，村长只好不情愿地出去了。

村长走后，言本又走近玉娇，细细端详。玉娇的眉头微微皱着，眼睛睁得很大，嘴微微地张开，嘴角微翘，似乎还带着浅笑。

言本诧异，究竟是谁，又是什么，在玉娇活着的最后时刻，在她的情绪里留下了耐人寻味的欢愉。定格在她脸上的淡淡的满足感，好像在告诉世人，死亡其实并没有那么可怕。

看完玉娇，言本又转头看着蹲在角落里的小雪。小雪双手抱头，蜷缩着靠在墙角。她头上的辫子乱糟糟的，像个草窝一样，扎辫子的黄色皮筋孤独地藏在草窝里。言本慢慢地走向她，伸出手想拍一拍她的肩膀，可一转念，又将手缩回，像是不忍心破坏她那一刻短暂的安宁。虽然他知道，刚失去妈妈的小雪，内心不可能有真的安宁，未来很长一段时间里，也不会再有安宁，可他还是放弃了对她的打扰，转身走向小光。

这时，小光正站在走廊上，面朝着大金山，像是在寻找什么，又像是在思考什么。

“你在想什么呢?”言本拍了拍小光的肩膀，他拍得很轻，轻得连他自己都觉得虚无。

“没什么。”小光轻声地应着。

“你要坚强，照顾好妹妹。”言本说得有些无力，有些胆怯。他总觉得让同在悲剧中的一个角色去照顾另一个角色实在是一种巨大的不公。让小光去照顾小雪，那又让谁去照顾小光呢？说出那句话的时候，连他自己都觉得虚伪和残忍。

而最让他觉得残忍的还是躺在床上、一直沉默的付玉娇。

她走得那么断然，连一句告别的话都没有，活着的人只能被动接受，默默疗伤。

“到底是谁害死了我妈妈？”小光没有正面回答言本的问题，也没有转过头来看言本，他平视前方，像是在自言自语。

让言本觉得不可思议的是，他自始至终都没有看见小光掉过一滴眼泪，好像躺在那床上的，不是他的亲妈，而是一个他不大熟悉的人。

“你也觉得是有人害死了你妈妈？”

“妈妈已经好久没有回家了，她这一次回来，是想留下来陪我们的。为什么她自己要留下来的时候，老天爷却把她带走了？难道这就是命？”小光像一个成年人，发出看破世事的感慨。

“你小小年纪，哪知道什么是命运啊？”

“我注定要成为我妈妈的孩子；在我 12 岁的时候，我妈妈会死掉；在我 6 岁的时候，我妈妈会碰见张志标……这些不都是命吗？为什么经历这些的不是别的孩子，而是我和小雪？这就是我和小雪的命，说不定这是我和小雪上辈子做了坏人，得到的报应。”

“小光，千万不要这么想……”言本想说些什么来反驳小光，或者安慰小光，却怎么都找不到合适的话语，他只好岔开话题，“那你跟我说说看，今天早上，你为什么没有和你妈妈在一起？”

“我去采蘑菇了，和小雪一起去的，我就是想让妈妈看看我采蘑菇有多厉害！”

“你是几点去采蘑菇的？几点回来的？平时都是带着妹妹一起去吗？”

“天刚蒙蒙亮就去了，平时妈妈不在的时候，我都带着小雪去。妈妈回来以后，就只有今天早上才带着她去的。”

“为什么今天带小雪去了？”

“为了陪妈妈，妹妹好几天都没有去采蘑菇了。昨天晚上妈妈对我说，明天带小雪一起去吧，多采一些蘑菇回来，晒成干，可以送人。”

“送人？送给谁？”

“不知道。”

“如果小雪没有去，妈妈就不会死了！”

“为什么这么说？”

“小雪很聪明，如果有人想害妈妈，她一定会发现的。”

“不是你们的错，谁也不曾料到会发生这样的事情。再说了，如果真的有人想害你妈妈，也一定会有办法支走小雪的。这其间，你回来过吗？”

“没有。”

“除了你和小雪，还有谁去采蘑菇了？”

“村里的孩子应该都去了，我一直和小雪、大河待在一起。”

“那个农药瓶子，你之前见过吗？”

“见过。”

“在哪里见过？”

“每家都有，村子里扔得到处都是。这个是喷洒稻谷的农药。稻谷生病了，就一定要洒农药，不然虫子会把稻谷都吃光。”

“那你家有吗？”

“我家以前有，爸爸出门之后就没有买过。妈妈不会种地。”

“你爸爸什么时候开始出去打工的？”

“很多年前，有八九年了吧。”

“昨天，你家里有没有来过什么陌生人？”言本接着问。

“没有。”

“那有没有来过让你印象深刻的人？”

“村长来过。”

“他什么时候来的？来干什么？”

“昨天晚上。他也没干什么，就是进门和妈妈说笑。”

“说笑？怎么说笑的？”

“就说妈妈回村了，他就有机会了！”

“什么机会？”

“我也不知道，就是开玩笑吧，说这句话的人也不止村长一个。”

“还有谁？”

“村里的伯伯、叔叔经常开妈妈的玩笑。”

“怎么开玩笑？”

“就说喜欢妈妈，说妈妈是村里最漂亮的女人之类的。”

“哦！那村长经常来吗？”

“妈妈在的时候经常来，一天来好几次，妈妈不在的时候几乎不来。”

“他每次来都只是说笑？”

“是。每次来都笑眯眯地看着妈妈，说笑几句，见妈妈不理他，就走了。”

“那……”言本想继续往下问，突然听见有人敲门。他走过去，打开门，看到村长站在门口，一脸媚笑：“公安同志，不，言本同志，我家备了酒菜，先去吃点吧，我们这里山高岭长的，您这从岭下爬上来够辛苦的。”

“好意心领了，人命关天，这时候我哪有心思吃饭啊？谢谢村长！哦，对了！10 分钟后开始传讯，你给列个单子，根据和付玉娇家的距离，由近及远挨家盘问。”

“挨家盘问？这不是把全村人都当成杀人犯了吗？”村长小声地抗议道。

“不是杀人犯。在确定凶手之前，村里每一个人都有嫌疑。”

“公安同志，您把我们村想成贼窝了啊！难不成我也有嫌疑？”

“当然！”

“我是村长，我是这个村的父母官！我是负责保护村民的，我怎么可能是？”村长眉头紧皱，一脸困惑，感觉自己的权威被挑战了。

“村长同志！你别激动，我也愿意相信你和付玉娇的死没有关系。但是，破案有破案的程序，你要想摆脱嫌疑，必须有非常确定的不在场证明。”言本解释道。

“不在场证明？”

“对，也就是证明你没有作案的时间。”

“这个好证明，今天早上，我和显方一直在小坑水电站修电。这个水电站啊，动不动就坏，一年到头不知道要修多少次。要不是我和显方会修，全村人就只能点煤油灯了。”

“修了多长时间，从几点修到几点？”

“天还没亮就去了，打着手电去的，大概到 9 点才修好。刚修好，就有人来喊我们，说玉娇出事了。”

“谁去叫的你？”

“显方的老婆，美兰。”

“你说的这个情况，我会去核实的。先传讯其他村民吧。”

“那就从宝珠家开始？”

“宝珠家离付玉娇家最近？”

“不是。”

“最近的是哪一家？”

“是玉娇家的隔壁，菊红家。”

“那为什么不从菊红家开始呢？”

“菊红那个小媳妇，嘴巴闲不住，脑子和糨糊一样。”

“那就从菊红家开始！”

“为什么不先调查张志标？”小光插了一句。村长连忙走到他跟前：“你能不能别提张志标，还不嫌丢人啊？传出去，不但你妈的名声坏了，咱们村女人的名声都坏了，往后大家的脸往哪搁呀？”

“村长，小光说的张志标是谁？什么情况？”

“小孩子乱说的。”

“到底是谁？”

“就是……就是那个政府派来驻村的同志！”村长支支吾吾地刚要继续往下说，就听见楼梯一阵剧烈的响动，而后，有人急切地推门进来。

“说曹操，曹操到！这个就是张志标。”

5

突然出现的张志标泪流满面，嘴皮子颤抖着，不停地叫着玉娇的名字。

他并没有径直走到玉娇的床前，而是在门口站了好几分钟后，才踉踉跄跄地靠近玉娇。快要走到床前的时候，他突然跪了下来，号啕大哭。

看着张志标的样子，言本着实吓了一跳。一个七尺男儿，哭得如此动情，他还是头一次见。

哭了好一会儿，张志标伸出手，想要摸玉娇的脸，被言本拦住了。

“张志标同志，请你保持理智，不要触碰死者的遗体，以免破坏现场和物证。”

张志标无奈，只好将手抽回，整个人瘫软在地上，许久没有起来。

“我就说嘛，让他来干什么，多碍事啊！谁把他叫来的?”村长又开始发牢骚。

“是我!”这时，大河从门外走了进来，一脸笃定。

言本看了看大河，只觉他外表俊朗，气质不凡。

“我就猜到是你这个浑小子，你呀!”村长指着大河，摇头晃脑。

“张志标，别哭了。跟我到楼下录个口供!”言本对张志标说道。

“我为什么要录口供?”张志标这才停下了哭声，抬头不解地看着言本。

“让你录口供，肯定因为你是犯罪嫌疑人啊！还说你有文化呢!”村长插话道。

“村长同志，请你别不懂装懂。张志标，跟我来。”言本将张志标一把拉起。

张志标跟言本走下楼梯，到了一楼厅堂。

“坐下吧！”

张志标在言本的对面坐了下来。

“今天早上6点到9点，你在哪里？干了什么？”

“我一直待在家里！”

“一直在家，没有出来过？”

“没有出来过，我父亲可以证明，我一直在我家，和我父亲一起。”

“你父亲今年多大了？意识是否清晰？”

“非常清晰，他可以作为我的不在场证明。”

“你是个干部，相信你明白，以你们之间的亲属关系，你父亲可能存在包庇的嫌疑，我希望你能再找一个人证明你不在场。”

“还有邻家大嫂，今天一早来帮忙做早饭。”

“她几点来的？”

“6点左右。”

“几点走的？”

“9点多吧。”

“你的不在场证明，我会去核实的。希望你尽早摆脱嫌疑。”

“你们公安是怎么办案的？一个劲地怀疑我，放任真正的凶手逍遥法外！”张志标勃然大怒，拍着桌子质问言本。

“我这是在帮助你摆脱嫌疑！”言本声色俱厉。

“你们居然怀疑我？我有什么动机？”

“动机很明确。付玉娇突然回村，并决定留在村里照顾孩子，你因为害怕失去她产生了恐惧。”

“所以，我就把她杀了？哼！太可笑、太肤浅了！你哪知道，对我来说阿娇意味着什么！你不知道，她对我来说有多么重要！”张志标含泪抗议道。

“在大部分的情杀凶案中，死者都是凶手眼中那个不可替代的最重要的人！你和付玉娇之间特殊的情感，正是情杀的土壤。”

“有土壤，就一定会发芽吗？我倒是希望，我真的可以做到那么狠心，那么果敢！可是我偏偏优柔寡断。”

“为什么这么说？”

“我应该早一点离婚，娶她。如果我早一点娶她，就不会落到今天这个地步。你们一定要把凶手绳之以法。就算你们办不到，我也会办到的！”张志标伸手握住了言本交叉在胸前的双手，近乎哀求道。

“查案是我们公安的事情，希望你不要参与，否则就是妨碍公务。”

“别跟我来这一套，说的好像你们公安有案必破，从来没有掉链子的时候！有多少案子，几十年前就发生了，到现在还没找到凶手，想想都替你们害臊！”张志标把手迅速收回，语气恢复了原来的凌厉，略带嘲讽地说道。

“张志标，术业有专攻！你不干我们这一行，理解不了我们的难处也正常。就像我，也实在不能理解，你作为一个驻村干部，居然就把人家老婆给拐跑了？”

“请不要用‘拐’这个字，我和阿娇是两情相悦，不存在任何胁迫。”

“行行，不和你争论这个问题了，言归正传，你觉得付玉娇会自杀吗？”

“不会，她和我在一起很快乐!”

“你怎么就这么肯定呢?”

“直觉告诉我，她不是自杀的!”

“直觉这东西可信吗？你就这么相信你的直觉?”

“我听说很多时候公安破案也靠直觉，不是吗?”

“谢谢你的配合，今天先到这里。”

“希望你们公安对得起阿娇的在天之灵!”

“这是我们的本职工作，不管死者是谁，我们都要对得起死者。”

张志标站起来，正要上楼，却被言本叫住：“张志标同志，作为一个知识分子，相信你懂得保护犯罪现场的重要性。”

“我只是想上去再多看她几眼，以后再看到她，就不是现在这个样子了。”

“好吧，那我跟你上去。”言本动了恻隐之心，跟着张志标上了楼。

张志标走到玉娇的床边，静静地看着她，久久不愿离去，直到村长将他拉下楼去。

站在阳台上的言本，看着张志标踉跄远去的身影，心生感慨，不禁对张志标产生了几分敬意。他本以为，张志标和付玉娇，不过就是一对露水鸳鸯。张志标爱的不过是付玉娇那一张秀色可餐的脸，可是现在看来，他好像错了。

第七章　步步惊心　谎言四起

1

接下来的几个小时，言本马不停蹄地传讯苏山头的村民。

第一个被传讯的是住在玉娇家隔壁的菊红。

一看到言本，菊红的脸上就泛起了红晕。

“你叫什么名字？”

“你不是本来就知道嘛。”菊红略带挑逗的语气让言本觉得有些尴尬，他收起微笑，故作严肃地强调：“我问什么，你就回答什么，别反问！”

“我叫邱菊红！”

“邱菊红同志，你好！希望你如实回答我接下来的问题。”

“知道了，知道了！”菊红低着头，不敢直视言本的眼睛。

“请你抬起头，看着我的眼睛，不要撒谎！”

“知道了，知道了！”菊红这才抬起头，看了一眼言本，又看向别处。她的眼神总是飘忽不定，十分不自然。

“你的右脸是被谁抓的？”菊红脸上两道长长的抓痕，引起了言本的注意。

“是……是我家的猫，猫挠的。”菊红说着，又低下头去，避开了言本的视线。

“什么时候抓的？”

“昨天晚上。我家那个猫特别讨厌，正发情呢，动不动就爬到我床上。昨天晚上我睡得正香，突然觉得脸上一阵发烫发疼，一开灯，看见那个骚货正瞪着黑眼珠子看着我。我一摸脸，满手血腥子。”

“真的是猫抓的？”

“真的，不信你问我家猫去。哦，不好意思，我家猫说不了人话。”

“你也知道呀！今天早上 6 点到 9 点，你在干什么？”

“睡觉啊！我不是刚跟你说昨天夜里被猫抓了吗？折腾得我没有睡好，今天就起晚了。要不是听到宝珠嫂那一声大叫，我还不知道玉娇出事了呢！”

“你是说，你是在听到宝珠的叫声后，才起床的？那你听到叫声的时候是几点？”

“那我可记不清楚，我们这些庄稼人，看日头就够了，谁还老惦记着几点几分哪！再说，我家那个表已经坏了很久了，跟铁块没有什么两样。看着是个表，其实就是一个没用的摆设。”

“付玉娇回村之后，你们有说过话吗？”

“当然有啊，我住她隔壁，低头不见抬头见的。”

“都聊了些什么？”

“无非就是家长里短的，没有什么要紧的事。就是觉得玉娇变了。”

“怎么变了？”

“以前她张口闭口都说显树不好，说显树不知道疼人，是个大老粗。可是这次回来，老动不动就夸显树，像是挺想念他似的。我看啊，是真的回心转意了，想回来了。我估计是张志标的老婆死了以后，他反而对玉娇不好了。男人都这样，脚踏两只船的时候最亢奋，哪只船没了就惦记哪只，总觉得在的那只是个罪过，是个祸害。”

“张志标的老婆怎么死的?”

“听说是病死的，得了肺结核。”

“你听谁说的?”

“村里人都这么说。”

“什么时候死的?”

“死了快一年了吧，这个女人也够可怜的。”

“为什么说她可怜?”

“张志标缺德啊!”

“怎么缺德了?”

“别的男人啊，在外头有了相好，都偷偷摸摸的，生怕老婆知道。张志标倒好，明目张胆地带回家去。禽兽不如!”

“这样啊? 那他老婆就没意见?”

“哪能没意见呢! 肯定是拿张志标没有办法，只好忍气吞声。不过话说回来，一个巴掌拍不响，张志标不是东西，玉娇就更不像话了。你说一个有老公、有孩子的女人，动不动就住到别的男人家里去，这叫什么事啊?”

“那付玉娇的老公是什么态度?”

“显树是个愣子，一年到头不在家，就知道干活、赚钱。过年回来了几天，小别胜新婚，还把玉娇当宝贝伺候着。最可笑的是，他还把张志标请到家里吃酒聊天，同志长同志短的，叫得别提有多带劲了!”

“就没有人给显树透露风声？”

“怎么没有？变着戏法暗示他，他就是不信。他说，一个干部同志，怎么可能看上农村妇女呢？脑子里的东西不一样，抱在一起也没什么意思啊！显树估计是忘了，脑子里的东西是不一样，可下面的东西一样啊！再说了，谁能保证他在外面就没有别的女人呢？反正你有，我也有，扯平了，谁也别管谁，大家反而清净！”菊红绘声绘色，讲个不停。

言本听着着实有些反感，可细想菊红的话也不无道理。办案多年，他很清楚，许多案件都跟硬币一样，开始的时候人们只在意朝上的可见的那一面。随着案情不断地推进，人们才会渐渐懂得把硬币翻过来，去看另一面的模样。而那些已经被揭露出来的所谓真相，往往不过是冰山一角。

“行了，邱菊红同志，今天先到这里，谢谢你！”

“我还没说完呢！”菊红意犹未尽。

“如果有需要我会再次传讯你。”

“真是的！把我话匣子打开，又不让我说话！哼！”菊红悻悻地离开了。

言本之所以不让菊红继续说下去，是因为她侃侃而谈、东拉西扯的样子，让人很难捕捉到她话里的重点。另外，因为时间紧迫，言本需要在尽可能短的时间内收集尽可能多的口供，然后将不同人的口供集合在一起，进行对比和分析，尽快锁定犯罪嫌疑人。

2

接下来对宝珠的传讯，让言本陷入了深深的困惑。

“我叫苏宝珠。”宝珠自报姓名。

“苏宝珠同志，你好，今天早上 6 点到 9 点，你在干什么？”

“我一直在家里，做饭，劈柴，切猪菜。我女儿阿琴一直和我在一块。”

“你是第一个看到付玉娇遗体的成年人，你能回忆一下当时的情景吗？”

“阿光跑到我家，上气不接下气，说她妈妈好像没气了。我赶紧放下手头的活跑了过去，就看见玉娇……”宝珠的声音颤抖着，眼泪在眼眶中不停地打转。

“那在这之前，你就没有听见什么响动吗？”

“有，我听到玉娇家有人在吵架。”

“吵架？怎么吵的？”

“是菊红跑到玉娇家里，大吵大骂！”

“菊红？邱菊红？为什么？都骂了些什么？”

“我听着，像是菊红听说玉娇在背后说她和别人相好，跑去找玉娇理论。”

“你怎么知道得这么清楚？”

“她们吵得很大声，半个村子都听得见。”

“她们有没有肢体冲突？我看见邱菊红的脸上有抓痕，她自己说是被她家猫挠的，会不会是和付玉娇扭打的时候留下的？”

“这我就不清楚了。不过，菊红家没有养猫。我们村里养猫的人少，要说别人家的猫突然跑去挠她的脸，实在有些说不通。”

言本听出了宝珠话里的暗示，接着问道：“你为什么没有去劝架?”

“人多的地方是非多，我从来不往人多的地方挤。”

“那有没有其他人去劝架?”

“有没有其他人劝架我不知道，但吵得正厉害的时候，我往她家看了一眼，看见她家门口站了好几个女人。”

“哪几个女人?”

“那几个都是平时和玉娇比较要好、合得来的。这个村虽不大，可也总是拉帮结派的。”

“你说的那几个女人是谁?”

宝珠把那几个女人的名字说了一遍，言本记了下来。

3

“你叫苏彩月?”

“对的，公安同志。”

“听说你和付玉娇是好姐妹?”

“也算不上吧。玉娇是个讲究的女人，我就是个粗人。”彩月的语气很是平淡。

“为什么这么说?”

“她生得好看，又知道打扮，男人们都喜欢她。显树在的时候，有显树疼着；显树不在，自然有别的男人疼着。我就不一样了，黄脸婆一个，就知道劈柴做饭，下地干活，人比人气死人。”

“别的男人？是谁?”

“张志标啊，还有……”彩月想说下一个名字，突然停住了。

“还有谁？为什么不说了？”

“这种事情，我也就是猜测嘛，捉贼捉赃，捉奸捉双，我一个外人哪会知道啊！玉娇生得好看，我猜惦记她的男人不会只有张志标一个吧？不像我，男人看了恨不得躲着走！”

“不妨说说看，你猜测这另一个男人是谁？”

“村长好像挺喜欢玉娇的。”

“你怎么知道的？”

“我都说是猜测了嘛！这种事情，如果不是亲眼所见，谁能猜得准啊？”

“那你跟我描述一下，今天早上付玉娇和邱菊红吵架的场景吧。”

“吵架？谁吵架了？没有啊！”

“你不要再撒谎了，邱菊红因为听说付玉娇在别人面前说她跟别的男人相好，跑到付玉娇家里大吵大闹，你和几个女人当时还去劝架了。”

“您这是凭空造桥啊！今天早上天刚蒙蒙亮，我就和村里几个女人到大湾山采蘑菇去了，哪有工夫看她俩吵架呀！”

“你和谁一起采的蘑菇？几点去的？”

“早上 5 点多起床就去了，9 点多才回到家，一到家就听说玉娇出事了。不信你问问阿桃、玉玲和海叶，她们跟我一起去的。”

一听到这几个名字，言本心里一惊。这几个名字和苏宝珠说的站在付玉娇家门口看热闹的女人们的名字一模一样。言本顿时觉得自己的脑子乱了，不知道谁说的是真话。苏宝珠和苏彩月一定有一个在说谎。如果苏宝珠说谎，那她为什么要那么做？如果苏彩月说谎，动机又是什么？

另外三个女人，夹在苏宝珠和苏彩月之间又究竟扮演着什么样的角色？她们五个女人和付玉娇的死究竟有没有直接的关系？

接下来，言本又分别给阿桃、玉玲和海叶录了口供，谁知她们的口供和彩月的口供竟然高度一致，几乎没有任何出入。

那这么说来，真的是苏宝珠在撒谎了？可直觉告诉言本，事情肯定没有这么简单。

言本想要找到第六个了解情况的人，问个究竟，可是其他村民一律表示：他们当时正在田间劳作，对玉娇家发生的争吵毫不知情。

言本无奈，只好又一次传唤菊红。

4

“邱菊红，今天早上，有人看见你和付玉娇发生了冲突。你脸上的伤根本不是猫挠的，而是被她抓的，我想知道付玉娇为什么要抓你的脸？”

“不是的，真的是猫挠的，我和玉娇无冤无仇，她挠我干什么？”菊红满脸通红，语气慌乱。

“你别再狡辩了，她为什么挠你，只有你心里最清楚。我可没那么好的性子听你卖关子！”言本拉下脸，故作生气。

“她，她造谣！”

“她怎么造谣了？”

“她跟别人说，我屋里藏了男人。”

“她跟谁这么说的？这个消息是如何传到你耳朵里的？”

“她们都这么说，是玉娇告诉她们的。”

“她们是谁？报上名字来！”

“我不记得她们的名字了。”

“你在撒谎！你从别人那里听到了这么重要的消息，怎么会忘了是谁说的呢？”

“她们也是听别人说的。”

“到底听谁说的！她们是谁？”言本忍无可忍，用力拍打着桌子，语气变得极不耐烦。

“是，是宝珠说的。”

“你的意思是，宝珠跟你说，玉娇在别人面前说你屋里藏了男人？”

“对对对！”

“可你刚刚说的是她们。除了宝珠以外，还有谁这么说？”

“没有了，我一个农村妇女，说话说不清楚。”

“藏了什么男人？”

“这个我哪知道呀？本来就是她造谣生事，这个男人就是她自己凭空想象的。”

听了菊红的辩解，言本的脑子变成了糨糊，完全没了头绪。言本困惑：如果邱菊红说的是真话，那苏宝珠又为何要搅浑水，唯恐天下不乱呢？

可是，警察的直觉告诉他，这几个女人里面，最让他觉得可信的还是苏宝珠。于是，他决定先假定苏宝珠说的是真话，在这个基础上，再展开深入调查。

如果苏宝珠没有撒谎，那邱菊红，苏彩月还有其他三个女人就是在集体撒谎，互相圆谎。她们互相圆谎的动机很可能就是在掩盖她们共同的罪行。那么，她们很有可能就是杀死付玉娇的共犯。

从付玉娇的死状来看，不像是喝农药导致死亡的。农药致死带来的痛苦会清楚地反映在死者的身上。付玉娇既没有呕吐，也没有抽搐，更没有流血等这些农药致死的症状。

敌敌畏瓶子上，也只留下了村长的指纹，没有任何其他人的指纹，包括付玉娇自己的指纹。难不成她喝农药之前还戴了手套，喝完了又摘下手套？这显然说不通。

言本的脑海里翻滚着许多待解的难题：

付玉娇真正的死因是什么？

凶手的作案动机是什么？

女人们的口供为什么不一致？

凶手会不会根本就不是本村人？

至此，他唯一可以确定的是，凶手还逍遥法外，可能躲藏在某座山里，也可能藏匿在人群中，甚至可能和他打过多次照面，在暗处偷偷地观察他，笑话他的力不从心。

第八章　午夜黑影　再现秘密

1

就在言本一筹莫展的时候，大河找到了他。

“公安叔叔，案情有什么进展了吗？”

“还在调查当中。”

“阿标叔叔的嫌疑是不是已经排除了？”

“基本上排除了，我同事已经证实了他的口供和不在场证明。”

“为什么说是基本？”

“如果他有共犯，他只是幕后指使人，那么他个人的不在场证明就没有多大意义。”

“应该不会这么复杂吧？”

“希望不会。你找我有什么事？”

“也没有什么，就是突然间想起，昨天晚上，我半夜起来上厕所，看到了一个黑影。”

“黑影？什么黑影，在哪里看见的？你还记得具体是几点吗？”大河的话引起了言本浓厚的兴趣。

“在阿光家的后门。我家的房子在阿光家的后面的半山腰上。昨天晚上，刚好是农历十六，月亮正圆。我上完厕所，回到房间，看了下表是11：20。”

“你说的影子在干什么？”

“没干什么，就是站在后门。”

“一直站着？”

“是的，不过等我上完厕所出来，就不见了。”

“你们村有几个男丁没有出门的？”

“除了上了年纪的爷爷辈的，就剩村长和显方大伯。”

“那你看到的影子会不会是他俩中的一个？”

“看着都不像。显方大伯是个出了名的妻管严，应该不敢半夜出来。他要是敢，美兰伯母肯定打断他的腿；也不像村长，那个男人比村长的个头高多了。我倒是觉得像阿标叔叔。”

“张志标？”

“对，不过也不一定，说不定不是本村的呢！”

“要不是本村的，范围就太大了。”

“外村的人只要白天到过我们村，大家都会有印象的。可如果晚上来，那就不知道了。”

“不管是本村的还是外村的，半夜三更跑到付玉娇家的后门都太可疑了。”

大河的发现让言本十分兴奋。他总觉得这个黑影和案情可能有直接的联系，于是他迫不及待地再次传讯张志标。

2

“怎么又找我?”张志标一脸不耐烦。

“昨天 11 点左右，你干什么去了?”

“我睡觉啊!”

“在哪里睡觉?”

“在家里啊，那个时间大家不都是在睡觉吗?”

“可是，有人看见你去了付玉娇家。”

“没有!”

“真的没有?”

“我一直在家里，从天黑睡到第二天天亮。”

“可有什么人能证明你一夜都睡在你家床上，半夜没有出来过?”

“公安同志，你真会说笑。那个时间，除非夫妻，大家都各睡各房。非得要证明自己睡在自己家床上，也太可笑了吧?如果让你证明昨天半夜你没有来过阿娇家，恐怕你也没法证明吧!”

“我可以证明啊，我和我太太睡在一起。”

“万一你给你太太灌了些安眠药或者酒精之类的，趁她熟睡时你出去了，她也不一定知道呀!”张志标据理力争，“再说了，死亡时间不是今天早上吗?昨天晚上发生了什么，有那么重要吗?”

“当然重要!万一凶手昨天夜里潜入付玉娇家中，对她进行伤害，伤害一直持续到今天早晨才致她死亡呢?”

“好吧，昨天晚上那个人是我。”经过片刻沉思，张志标坚定地说道。

“真的是你！你去干什么了？”

“自从我太太死后，阿娇就成天疑神疑鬼的，在我那里住得不开心。这次她回村，我之所以没有立刻来找她，也是想让她回来静静心。”

“你太太的死？”

“不不不，我太太是得肺结核死的，和阿娇没有关系。尽管这样，她心里一直很自责，觉得对不起她，再加上农村比较迷信，阿娇总是害怕被我太太带走，没想到还真的……”

“那你为什么昨天晚上又……？”

“我看她回村好几天了，一直也没回我那里，就想着来找她。白天过来，人多嘴杂，就等半夜了才过来，夜深人静的，孩子们也都睡下了。”

“原来你也有廉耻之心哪！”

“世间有几个人没有廉耻之心？我和阿娇好上以后，也是日夜受良心折磨。尤其是阿娇，也总自责、愧疚，想起孩子们也常常偷偷地抹眼泪。”

“既然她这么爱孩子们，为什么还和你形影不离？”

“这就是婚外爱情的无奈啊！”

“既然你到了她家后门，为什么没有进去？”

“因为我听见了不该听见的声音。”

“什么声音？”

“我听见了阿娇屋里有男人的声音，好像是她和别的男人在床上的声音。”

“什么？付玉娇和别的男人？”

“我一气之下扭头就走了。”

“你能听得出，是哪个男人吗？”

“公安同志，那种声音，谁能听得清啊？不过掐指一算也知道是谁。”

“谁？”

“村长啊！”

“为什么是他？”

“他一直对阿娇心怀不轨！”

“你会不会听错了？”

“不会，我选择相信她，可是她真的让我太失望了。”

“所以，你今天凌晨又折回来报复她，置她于死地？”

“你这是诽谤知道吗？昨天夜里，当我听到那个声音的时候，已经生无可恋，也下定决心和她老死不相往来了。如果不是大河来找我，知道她出了事，这个村我绝不会再踏入半步！”

张志标咬牙切齿，眼神里透出一种悲愤的绝望。

张志标的话，言本半信半疑。村长油腔滑调，八面玲珑，看起来确实像个好色之徒。可他实在不愿意相信，付玉娇和张志标分开才几天，就又和村长纠缠上了。根据小光的说法，村长虽然一直对付玉娇有图谋，可不管村长怎么说笑，付玉娇都爱搭不理。既然如此，又怎么可能深夜里……难不成付玉娇是在孩子们面前故作矜持，转而单独面对村长的时候又完全是另一副模样？言本不敢再往下猜测，他总觉得这样是对死者极大的不尊重。

于是他又急忙传讯村长。

3

“公安同志，你找我干什么呀？”

“录口供啊！”

“我有什么口供可录的？我的不在场证明非常清楚。”

“你的不在场证明，我确实核实过了。”

“那还录什么口供？”

“我是想问你，昨天晚上 11 点左右，你在哪里？”

“我在家里啊！”

“跟谁一起？”

“就我自己和孩子呀。你可能不知道，我老婆在福建猪场给人养猪呢。”

“你老婆不在？”

“不在。”

“别人家都是男人出去打工赚钱，你家怎么反过来了？”

“咳！我不是父母官嘛，村里离不开我。女人、孩子这么多，没有个男人照应怎么行啊？”

“我看你啊，主要是照应女人吧？孩子就算了。”

“哎呀！公安同志，你怎么也这么说话呢？我是一村之长，那不得每家每户每个人都要照顾到吗？”

“有人看见你昨天晚上到了付玉娇家里，可有此事？”

“是啊，我每天晚上 7 点左右，都会挨家挨户地串门，看各家有没有什么需要帮忙料理的事情。”

“7 点左右去的，那几点走的？”

“7 点半左右就走了，全村十几户人家，我不能把时间都耽误在她家呀!”

“撒谎，你明明待到了晚上 11 点!”言本突然大声呵斥。

“同志，同志，您别激动!”村长吓了一跳，脸色变得铁青。

“你身为这个村的父母官，行为低劣，信口雌黄，我能不激动吗？现在人命关天，你还成天跟我打哈哈，你以为破案是过家家吗？凶手没有被抓到，就有可能出现新的被害者。你知不知道现在情况有多严重?”

“我明白，我明白，我老实交代还不行嘛。但是您可要替我保密，不然我这村长的乌纱帽就该掉了。”

“就你这样，让你当村长就是个祸害。”

“可不能这么说，村长官小，事可不少，就是公安同志您来当，也不一定有我当得好呢!”村长说着，又露出了招牌式的笑容。

言本看着他觉得反胃，又觉得好笑。“别那么多废话，昨天晚上 11 点，你是不是在付玉娇家里?”

“不是。”

“那你到底在哪里?”

“我在菊红家里。”

“菊红，就是玉娇家的隔壁?”

“是！说出来，怕您笑话。”村长满脸通红，低下头去。

“那么晚了，你在她家干什么?”

“菊红说腰疼，让我去给她送药。”

“是吗？你可真是无微不至啊!”

“可不是嘛，父母官，有啥办法？大小事情都靠我操持。”

“行了，你走吧!”

“这就走了？没别的问题了？”

“没有了。”

村长站了起来，鬼鬼祟祟地向门口走去。没走几步，又怯怯地转过头：“公安同志，我去菊红家这事，能不能不写进口供啊？”

“当然不能，我要保证口供绝对详细真实，不过你放心，口供只有公安内部人看得见。”

“那就好，那就好！”

听了村长一番话，言本释怀了许多。大河口中的黑影是张志标没错，张志标口中的男人是村长没错。而让他觉得欣慰的是，村长并不是在付玉娇的房中，更没有在付玉娇的床上，而是在隔壁邱菊红的床上。张志标听到的以为是付玉娇和别的男人在床上的声音，实际上是村长和邱菊红发出来的。她们两家只有一墙之隔，张志标站在付玉娇家后门，分不清声音到底是哪家发出来的，也是完全可以说得通的。

可让言本纳闷的是，第二天早上，邱菊红为什么会突然跑去和付玉娇理论？

究竟是因为付玉娇将邱菊红和村长苟且之事说出去了，还是仅仅因为邱菊红害怕付玉娇会这么做，而先下手为强，让她闭嘴？毕竟，张志标在后门都能听到的声音，付玉娇在里屋不可能听不见。

可想来想去，这些事情和付玉娇的死到底有没有关系呢？言本依然没有准确的判断。

第九章　尸检风波　遗体转移

1

一看见显树出现在家门口，小雪和小光忍不住大哭起来。好像压抑了许久的情绪，只在见到显树的那一刻才有了爆发的勇气。

可显树根本无暇顾及孩子的眼泪："别哭啦，人都死了，哭有什么用？别添乱了！"

他火急火燎地走上楼，走到玉娇的床头，看了两眼便走下楼去，对言本说："怎么死的？"

"目前还不确定。"言本不敢透露半点案情，生怕节外生枝。

"把人抬出去吧。这大热天的，再放就该臭了。"显树的语气冷漠而平淡，言本丝毫觉察不出他情绪的波动。

"我们准备解剖尸体，就等着您回来签字同意呢！"

"同意什么呀同意？人都死了，还给切开，多残忍啊？不剖，坚决不剖！"一听说解剖，显树皱起了眉头。

"可如果不解剖的话，就无法确定死因，也就无法找到凶手。”

“死都死了，干吗非得搞清楚怎么死的？确定了还能活过来？”

“苏显树同志，尸检不仅是为了还死者一个公道，也是对活着的人的保护。万一是一个连环杀人案，很有可能还会有下一个受害者。”

显树愣了一下，像是突然听懂了什么，顿了一下，接着说：“破案不是你们公安的事情吗？怎么还非要对死人下手呢？”

“爸爸，我也觉得应该尸检，不然妈妈会死不瞑目的。”

“你一个小孩子家懂什么？”显树冲着小光，大声训斥道。

“爸爸，妈妈不会自杀的，她这一次是真的要回来照顾我们了。”小雪摇了摇显树的手。

“是啊，显树，尸检有尸检的道理，咱们还是配合公安吧。”村长也来劝。

显树沉默了许久，终于同意尸检。可让他在尸检申请单上签字的时候，他又犹豫了。“这一尸检就没有全尸了，说不定魂都被分成好几块了。”

“你就签字吧，图个心安。人死了，身子就跟猪肉一样，过几天就该腐烂了。可活着的人如果没有尽力，怕是一辈子都觉得欠她的，想补救也没有机会了。咱们现在做的所有事情，都是为了以后不会后悔。”说话的是苏达荣。

“我签！听达荣叔的。”苏达荣的话还没说完，显树就签下了自己的大名。

签完字以后，他把手一甩，笔一扔，又转头走上楼去，坐在玉娇的床边。他没有流泪，只是一个劲地叹息。可能是因为他长得实在粗犷，皮肤黝黑，情绪变化很难通过脸上的表情反映出来，旁人很难猜出他那一刻内心真实的感受。

2

为了让死者在黄泉路上走得顺利一些，按照当地习俗，死者家属一定要挑一个和死者八字相合的时辰，将死者送出门去，还要请来黄师（当地的称法，即巫师）念咒祈福。

尸检紧迫，言本本来打算等显树一签完字，就叫人把尸体抬到县刑侦大队解剖。可显树和村长一致认为，死者离村的时辰不恰当，对整个村的村民都不好。死者含冤而死，亡灵若不能得到超度，就会变成孤魂野鬼，要是哪天她发了怒，还会再回村带走几个活的。

言本苦口婆心想要说服他们，可争得面红耳赤也没有成功，最后只好妥协。

苏达荣翻了通书（当地人称万年历为通书），说玉娇必须在当天子时，也就是晚上 11 点出门，才能走得安心。显树还请来了村里唯一的黄师来念咒，为玉娇的亡灵超度。一切都安排就绪，大家聚在一起，坐等 11 点的到来。

言本等得非常焦急，感觉每一分钟都被无限拉长了。他细细观察等待中的每一个人的表情，希望能从他们的表情中得到一些意外的线索。可惜，那时候，人们的表情都出乎意料地相似。每一个人都耷拉着脑袋沉默着，没有哭声，没有哀号。谁也不看谁的脸，像是怕极了触碰到别人的目光。

空气凝重，玉娇家像是密布着层层叠叠的乌云。乌云泫然欲泣却忍泪含悲。

终于到了晚上 11 点，大家陆续站了起来。显树和村长正准备将玉娇从床上抬起来移到楼下，却被言本拦住了。接下来，言本和显树在让谁来搬遗体这件事情上又发生了冲突。

显树和村里人都认为，要由自己的亲人抬遗体。可言本却坚持一定要由刑侦大队的工作人员戴上手套将遗体抬出门。

经过一番声嘶力竭的争吵之后，依然是在苏达荣的调停之下，显树和言本达成了共识。遗体由刑侦大队的工作人员负责抬，显树、两个孩子和亲戚跟在遗体后面。

黄师走在队伍最前面，一路唱，一路跳，时不时地往地上撒些“仙水”。每走一段，黄师都要示意大家停下，放下担架，让显树在玉娇的边上烧些纸钱，算是打点黄泉路上的小鬼，让他们不要挡道，以免误了玉娇到阎王爷那里报到的时间，从而误了她转世投胎的好机会。

黄师名叫大风，长得白净帅气。大风还是一个小男孩的时候，就乐此不疲地模仿黄师的唱腔、语调和动作。在上学和放学的路上，他边走边唱；在家里的饭桌上，他边吃边唱；在田地里，他边干活边唱。他每日不厌其烦地唱着，好像在那连他自己都听不懂的歌声中，能获得别人无法理解的欢愉。他的歌声响彻了山谷，穿透了人群，甚至飘到了银河宇宙。有的人说：这孩子定是中了邪，被野路子神仙上了身。也有的说：是缘分，是天意，他天生是吃这碗饭的。

不出所料，成年后的大风果然成了优秀的黄师，远近闻名，收入不菲，他也因此成了第一个从苏山头搬到三清镇的村民。他成了村民们发家致富的榜样。

人死后，讲究的家庭，会请来黄师做“功德”，给亡灵超度，以求亡灵在阴间免受苦难。优秀的黄师比普通的黄师技高一筹，收入也翻番。黄师不仅要懂法术，还要懂哭术。法术用来降妖除魔，哭术用来寄托哀思。黄师的哭术很有说道，要哭得真诚、动情，要把天人两隔的悲痛哭得淋漓尽致、肝肠寸断，要哭得天昏地暗、海枯石烂。如此这般，死者在天有灵，才会保佑后人开枝散叶，升官发财。

大风的哭术是特别的，走心的，感人的。他的声音里天生有一种女性的阴柔，他的身段也比一般黄师柔软几分。他哭起来，呜呜咽咽，婉转悲鸣，甚是动听，常常哭得人悲悲戚戚、泪如泉涌，唱得人只觉得人生苦短、万事皆空。于是，大风的法场总是围满了观众。

观众们欣赏着大风的专业唱段，想起了自己将来的“终有一天”，不禁潸然泪下，陷入了迷离恍惚。大风把“人生如戏，戏如人生”演绎得丝丝入扣，入木三分。大风，与其说是一个黄师，不如说是越剧里的小生，缠绵悱恻，婉转动容，唱的是别人的人生，流的却是自己的泪。

大风摇着古朴的铜制铃铛，穿着风格独特的拖地道派长褂，戴着花纹奇异的方形毡帽，一路唱，一路跳，一路哭。只是这回，除了刑侦大队的几个人以外，谁也无心看大风的表演，而是沉浸在他抑扬顿挫的哭声中，真切地体味着离别的痛楚。

听着大风的歌唱，言本感慨万千：付玉娇就这么离开了苏山头，连一声告别也没有。不知道她听到黄师的铃铛声和婉转的悲鸣是欣慰还是烦躁？是留恋还是割舍？她再回来时，将不再是现在的样子，时间会在她的身上做各种无情的刻画，让她变得越来越陌生，越来越不堪入目。她的肚皮将会被割开，内脏也会被掏出来摆放在冰冷的托盘上。

这时候，大河的脑海里，也一幕幕地出现玉娇被解剖的场景：法医拿着刀子，毫无情感地像切猪肚皮一样割开她的肚子，像探索一个不明生物体一样探索着她的五脏六腑。那时候，人将不再是人，而是茫茫宇宙中没有尊严的渺小微尘。

想到不久以后，玉娇将被扔在冰冷的棺材里，放进深山的棺屋里，被活着的人遗忘，大河怆然泪下。

3

人们走走停停，从大山腹地的山岭一路而下。本来一个多小时的路程，走了整整三个小时才到镇上。哭声、念咒声、脚步声此起彼伏，目光、火光、星光交织浮动。奇特的声响把镇上的人们吵醒了。他们知道，一定是发生了什么。

正躺在床上辗转反侧的张志标透过窗户，看到了山岭上的火光。他立刻惊坐起来，跑了出去。他跑得焦急迅速，不一会儿跑就到了送葬队伍的跟前。

“等一下！”

张志标的出现，把沉浸在剧情中的大风吓了一跳，也让整个队伍陷入了沉默。

大风的哭唱停了几秒，又继续唱了起来。

“先别唱了，让我再看她一眼。”张志标张开双臂，站在大风跟前，一脸不达目的誓不罢休的坚决。

“你谁啊？发什么神经？你知道我们在干什么吗？”显树冲上前来，站到张志标跟前，把脸使劲地凑向张志标。

“我……我是张志标。”

“张志标？哼，张志标是谁？”

“我是阿娇的相好！让我……”

“什么？什么！你是什么？”张志标话刚说一半，显树就迫不及待地逼问。

“我是付玉娇的相好，恳请你让我见她最后一面！”张志标提高了声音，却放缓了语速。

“你个臭不要脸的，相好？你还光荣了是吧？”显树一个拳头打到了张志标的脸上。

张志标往后倒了下去，又像一个不倒翁一样，立刻站了起来。

“今天你就是把我打死，我也要看她最后一眼，和她道个别。”张志标哽咽着。

“那我今天就把你打死！”显树高高举起的拳头，又要挥向张志标的时候，被言本一个托举，挡在了空中。

“显树同志，请你克制，给付玉娇留一点尊严。”

“尊严？那我的尊严呢？我天生就该戴绿帽子吗？我这绿帽子啊，比乌龟身上的颜色还要光鲜！”

“不管你承受了什么，现在不是清算的时候，让付玉娇安详地走吧！”

“安详地走？她这样还能安详吗？”显树的声音终于开始颤抖了，情绪也开始波动，仿佛张志标的出现才真正地触动了他原本木讷的神经。

“张志标同志，你想看付玉娇最后一眼，我们都能理解，可是现在天色太黑，我们赶路要紧。不如你跟着队伍一起去刑侦大队，我一定让你和她好好告别。”言本明知自己踩了显树的心雷，却依然明知故犯。当下，他只想让每一个有关联的人，都不要因为没有与死者好好告别而留下心结，留下遗憾。

“不用，我走到她跟前说几句话就走！”

“那请你不要用手触摸遗体。”言本示意刑侦大队的人把担架放下。

“我明白！”张志标走到担架旁，双膝跪地，“阿娇，是我对不起你，没有照顾好你！如果有来生，我一定娶你！你在那边等着，过不了多久我就会去找你！”说完，他朝玉娇遗体磕了三个头，然后迅速站了起来，又疯狂地跑开了。

“就是一个十足的疯子！呸！”显树朝张志标跑去的方向吐了口唾沫。

4

玉娇的遗体终于到了刑侦大队，言本算是松了一口气。他清楚，这一次的案件，仅仅依靠推理恐怕很难接近真相，既没有可靠的物证，也没有目击证人。

当推理站不住脚的时候，只能寄希望于尸检。通过尸检可以确定死亡原因，顺着死亡原因，可以追踪作案手法，再根据作案手法，顺藤摸瓜地去找凶手。

让言本头疼的是，付玉娇的案件，不管是作案手法，还是作案动机，都难以捉摸。他必须比以往更加警惕、细致、专注，甚至颠覆。至此，好像很多人都有杀人的动机，却又都没有非要置她于死地那么强烈，至少还没有一个可以让他自己信服的杀人的必然。

女人们可以因为妒忌付玉娇，张志标可以因为害怕失去付玉娇，村长可以因为没有得到付玉娇，等等。可这所有的动机，现在看起来依然是苍白无力。言本总觉得，在这些动机后面，一定还有一个更加直接、尖锐的动机，让凶手不得不杀死付玉娇。可这个动机究竟是什么，他还没有半点觉察和判断。

为了尽快得到尸检结果，进行下一步更有针对性的调查，言本再三申请法医优先处理付玉娇的案件。可是法医说，解剖可以马上进行，但是各种鉴定却可能耗费很长的时间，因为县刑侦大队没有专业的设备和人员，胃液残留物和血液样本等只能送往市刑侦支队进行化验。市局的案件很多，十有八九需要排队。

言本听了很是无奈，担心尸检被一拖再拖，耽误了下葬是小事，如果凶手又策划一起类似的案子，那就麻烦了。他请求县刑侦大队写一份报告，送到市里，讲明需要尽快知道尸检结果的必要性。

市局没有给明确的答复，只是答应一有结果就通知言本。

第十章　沧桑小学　意外惊奇

1

在等待尸检结果的同时，言本并没有闲着。为了尽快破案，他干脆住到了苏山头。苏山头有个小学，小学里有一个闲置的房间，本来是驻村老师的宿舍，因为是暑期，正好空着。言本和村长商量好以后便住了进去。

小学是一个二层小楼，由青色石块建成。一层是厨房，有个单灶灶台，灶台上有一口大铁锅，铁锅上盖着一个木制的锅盖，锅盖上落满了灰尘，看样子已经好久没有人用了。二层除了言本住的房间外，是一个大通间，摆着一个大黑板和十几张木凳子。黑板破旧不堪，中间已经开裂。

看到如此破烂的小学，言本不禁又恨起了村长：这个村长，还父母官呢，孩子们上学的地方就这种条件。一块黑板也没多少钱，就不能换个新的吗？他决定，等案破了以后，自己去买一块黑板赠给苏山头小学，也算是作为小学收留他几日的回报。

既然遗体已经运走了，言本决定，接下来的盘问就在小学的教室里进行。一方面可以确保口供的保密性，另一方面也可以给自己一个更加独立、安静的思考空间。

他先找到了大河。

“言本叔叔，这里的房间有些简陋，会不会住不习惯？”

“不会，多么清净自在啊！一进门，就仿佛听见了孩子们的读书声。对了，你小时候也是在这里上的学？”

“当然了，本村的孩子都在这里上小学。一样的教室，一样的黑板，唯一不同的是老师。”

“哦？老师怎么了？”

“老师总是换来换去的。记得，我在这里上了五年学，换了五个老师。”

“为什么？”

“可能是嫌我们这里山高路远，回家不方便，而且报酬也不多，没有什么发展前途。最叫人失望的是，大人们不重视孩子们的教育，孩子们想来就来，不想来就不来。想教出个有出息的娃太难了。”

“那倒是，老师嘛，都是希望教出个得意门生。这么说来，你已经算是这个村的佼佼者了。”

“算是吧，至少我坚持下来了，成绩也还不错，我知道自己考上镇上的初中不容易，上学一直不敢松懈，后来顺理成章地进了县一中。连我妈都没有想到，我会成为我们村第一个考进一中的孩子。”大河的嘴角上扬，露出白牙，眼睛也眯了起来，难掩得意。

“后生可畏啊！我当年想进一中都没有进去，你真是不赖。”言本对着大河竖起了大拇指。

“言本叔叔，你就别夸我了。我最佩服警察叔叔了，你们保护人民的生命财产安全，多么伟大啊！我小时候的梦想就是当一名警察。”

“好孩子，有追求！不过呢，人民警察也有烦恼的时候，比如现在，你言本叔叔就摸不着头脑啊！”

“你是说案情没有进展？”

“倒不是没有进展，就是不知道为什么女人们的口供互相矛盾。”

“哦？怎么矛盾了？”

“昨天早上，有人听见邱菊红跑到付玉娇家大吵大闹，还看见好几个女人在付玉娇家门前围观。可是，邱菊红和这几个女人否认了这个事情。她们的口供高度一致，都说一早就去大湾山采蘑菇了。”

“这还不容易吗？把几个女人叫到一起，当面对质。”

“我也有过这个想法。现在的问题是，两方人数不一样，如果当面对质，人数少的一方显然处于劣势。怕就怕最后不但没有达到想要的效果，还使得两拨女人撕破脸皮，互相憎恨。你就没有听见吵架的声音吗？”

“我那时候正在和阿光他们一起采蘑菇呢！大金山离村里有一段距离，就算有人吵架我们也听不见。我们这里海拔高，太阳出来以后太烤人，乡亲们都习惯早起干活，趁清早凉快的时候，砍柴的砍柴，放牛的放牛，种菜的种菜，总之把活干得差不多了，大中午的就躲在家里，不用出去了。”

“那以你对苏宝珠的了解，她会撒谎吗？”

“宝珠伯母在我们村口碑很好，是尊老爱幼的典范，尤其照顾村里的老人们，全村的女人只有她没有跟人吵过架。平时她很少跟人计较，也不和人嚼舌头根子。不过呢，人在常态中和极端状态下的表现不一定相同。”

“你说得很有道理。没想到你小小年纪，看问题还很透彻。”

“我已经不小了，高二了，很快要考大学了！”

“哦？准备考哪个学校？”

“××大学法律系！”

“很有志向嘛，预祝你梦想成真。”

“谢谢言本叔叔，我一定会努力的。”

2

言本把宝珠、彩月、菊红，还有另外三个女人都叫到小学教室，让她们分两排坐在凳子上。他自己则面对着她们，站在黑板前。

女人们先是面面相觑，而后全都低头不语。

还没等言本发问，菊红突然站了起来，就要往外走，言本连忙将她叫住：“邱菊红，你干吗去？坐下！”菊红只好又坐了回去。

“叫你们来呢，是有一个重要的事情要宣布。”

一听说是重要的事情，女人们抬头看了看言本，又迅速低下头去。她们屏息凝神，依然没有发出任何声音。

“是这样的，我们在整理付玉娇遗物的时候，发现了一封举报信。举报你们当中某个人和村里的某个男人有奸情。”

“她果然写了举报信，你们看，我说的没错吧？”菊红又站了起来，怒目圆睁，扫视着女人们，像是急于得到她们的拥护。

“所以你昨天早上就去质问付玉娇，并和她扭打起来，导致她受了严重的内伤?”言本乘胜追击。

“明明是她先挠我的，你看看我这脸被她挠的。”菊红将有抓痕的脸转向言本。

“你不是说，是你家猫挠的吗?”言本声色俱厉。

“我……”菊红低下头，没有回答。

“她挠你，你就使劲打了她?”

“没有，我就踢了她一脚。”

“踢到哪里了?”

“踢到她的小肚子上。”

“你可真够狠的，往她肚子上踢。”

“谁让她多管闲事，贼喊捉贼的?她自己和张志标天天黏在一起，居然还有脸写信举报别人，真是活得不耐烦了。”菊红的眼睛里充满了厌恶和鄙视。

“你终于承认了！那你们几个呢，就看着付玉娇被打，无动于衷吗?你们不是号称付玉娇的好姐妹吗?就忍心眼睁睁地看着自己的好姐妹被打死?”言本继而质问其他几个女人。

“不是的，不是的，是我们把菊红给拉走的。我们走的时候，玉娇还好好的呢，我还问她肚子疼不，她说没事我们才离开的。”海叶赶紧辩解道。

“那既然这样，你们昨天录口供的时候，为什么集体撒谎?”

女人们满脸羞臊，不知如何作答。

“到底为什么?坦白从宽！你们再不说实话就是作伪证，也是要被判刑的！”

“我们，我们是害怕被人怪罪。万一玉娇真的是因为菊红那一脚就没了命，那我们这些人就是看着她被打死的，就是见死不救。公安知道了，可能就会把我们定为共犯，就算法律上不是共犯，玉娇的娘家人和显树知道了，也一定不会放过我们的，所以……”阿桃补充道。

“你也知道有共犯一说呀，看来也不是完全不懂法呀！那你们还一起编造谎言骗公安，让案情更加扑朔迷离。知法犯法，罪加一等！”

“公安同志，玉娇到底是不是因为那一脚？”菊红忍不住又问了一句。

“除了邱菊红以外，其他人都散了吧。你们几个，这几天不要离村。离开这个村，我有理由认为你们是逃犯，即使跟你们没关系，包庇也是犯罪，知道吗？如果让我发现你们还有什么隐瞒的，一定饶不了你们！”

听言本这么一说，女人们倒不想走了。她们你一言我一语争论起来，争论的目的无非是想证明自己并没有见死不救。

女人们争论的时候，言本暗中观察，发现只有苏宝珠始终一言不发。言本困惑，同是农村妇女，为什么她如此与众不同？他不禁心里咯噔了一下：万一苏宝珠是凶手，那她一定深不可测。

“行了，都别讨论了，别再互相推脱责任了，各自回家好好反省吧，看看自己是不是问心无愧，对得起付玉娇。”言本站了起来，快步走到菊红身边，从口袋里掏出手铐，趁菊红不注意，将手铐往菊红的手腕上一套。手铐“咔嚓”一声，扣上了。

菊红一声大叫，瘫坐在地上。女人们惊恐万分，汗毛倒竖，纷纷往后退去。

“邱菊红，你涉嫌暴力袭击付玉娇，可能直接导致她死亡，现将你拘留，送往公安局。”

“为什么？你不是说坦白从宽嘛，你这个骗子！”平日里最擅长撒泼打滚、恶语相向的菊红，此刻也只是用颤抖的声音，战战兢兢地抗议道。那抗议声实在微弱，就像苍蝇嗡嗡的声音。看着菊红低首下气的样子，女人们才知道菊红那狂躁跋扈的心，原来也这么不堪一击。女人们突然又有了一种她们自己都说不清楚的领悟。

女人们弯下腰，想把菊红扶起来，又被言本呵斥住：“你们再不走，把你们几个也给扣了！”

女人们这才急忙走下楼梯，健步如飞地走出了小学的大门。

言本原本想叫住苏宝珠，单独问问她为什么一言不发，可想了想又放弃了。邱菊红这一番言论把苏宝珠昨天的口供都证实了，她又有什么可说、可辩解的呢？对于她来说，这时候沉默是金。

3

中午，言本躺在床上，若有所思地看着天花板。天花板上有一道裂缝，裂缝旁长满了绿色的青苔。言本再次慨叹：老师住的房间居然这么简陋，雨天还会漏水，就这样对待老师，老师能不跑吗？

他又看了一眼墙壁，墙壁也发潮发霉了，像是多少年无人问津的样子。

言本百思不得其解：不是说暑假前还有老师住在这里吗，怎么可能这么快就发霉了？虽说此地多阴雨天气，也不至于如此吧？

想着，想着，他睡着了。睡梦中，他看见一个小女孩，穿着淡黄色的的确良衬衫，从小学的厨房走出来，慢慢地爬上楼梯，推开他的房门，走到他的床前，伸出她的小手要来摸他的脸，可她的手一碰到他的脸，他就被惊醒了，因为那手实在太凉了，像冰块一样。

言本立刻坐了起来，四处寻找小女孩的身影，可是周围空空的，什么也没有。他开始努力地回忆小女孩的长相，可无论他怎么苦思冥想，都想不起来小女孩的脸庞。他正灰心丧气时，突然闹钟响了，他一看表，正好是中午 12 点。他“扑哧”一声，只觉自己好笑，竟因一个梦生了困扰。

他从床上下来，走到教室里，站在黑板前，拿起粉笔在黑板上画了起来。不一会儿，一个苏山头村民的关系图赫然出现在那个破烂的黑板上。他细细分析人物之间的相互关系，开始了他的推理，他对女人们为什么集体串供撒谎，有了几种可能的判断：

第一种可能：村长和邱菊红有奸情，被付玉娇发现，付玉娇跟她的某个好姐妹说起，不料这个女人口风不严，又跟其他女人说了，最后传到邱菊红的耳朵里。邱菊红气不过，找付玉娇理论，最后两人扭打起来，一发不可收拾。至于邱菊红说是听苏宝珠说的，完全是因为苏宝珠和她不是一个战队的，而且吵架的时候苏宝珠并不在场，邱菊红把责任推给苏宝珠，正好给自己和其他劝架的女人打掩护。

第二种可能：其他几个女人得知付玉娇发现了村长和邱菊红有奸情，害怕自己的小秘密也会被揭露出来（也就是说，这几个女人可能都有婚外情），于是煽动邱菊红给付玉娇下马威，让付玉娇闭上她的嘴。

第三种可能：女人们都知道村长对付玉娇有好感，担心她突然回村，会让她们失去村长的“关注”，就像当年因为付玉娇她们集体失去了张志标的“关注”一样。出于这种恐惧，她们一起策划了付玉娇告发邱菊红和村长有奸情的大戏，把脏水泼到付玉娇身上，并煽动邱菊红去找付玉娇理论。只是没有料到，事情的发展远远超出了她们可控的范围。事实上，付玉娇很有可能什么都没有看见、听见，也什么都没有发现，更别说和别人说起这个事情了。她不过是这出戏中被人摆弄的一颗棋子。这也就是为什么当邱菊红去找她理论的时候，付玉娇反应过激，先动手抓了邱菊红的脸。

付玉娇被冤枉却无力辩解，情急之下产生了先发制人的冲动，这完全是可以理解的。而在场的美其名曰劝架的女人们，开始一定是以旁观者的身份围观，看到邱菊红和付玉娇有了肢体冲突之后，怕事情闹大，才开始纷纷扮演劝架者的角色。

至于邱菊红那一脚究竟对付玉娇造成了多大的伤害，目前还不可知。从付玉娇的体表特征来看，腹部的淤青不算严重，全身也没有出血和骨折的情况，这就有两种可能：第一种，邱菊红那一脚并不致命，那么付玉娇的死和她就没有直接关系；第二种，付玉娇是内出血，也就是内部脏器破裂，虽然没有体现在体表，却也可能致死，那么邱菊红就是过失杀人。

言本总觉得，邱菊红身形瘦弱，一副弱不禁风的样子，全身上下唯一可以彰显她力量的只有她的大嗓门，不大可能仅凭一脚就能致人死亡，除非是一个谁也没有料到的寸劲。可如果真是如此，那就是付玉娇的命，也是邱菊红的命。

言本既希望付玉娇的死是邱菊红那一脚引起的，那样的话，就不存在另一个隐藏的杀手，觊觎更多生命了。只要尸检结果证明了这一点，他就可以很快结案，离开这个发霉破旧的屋子。可是他又不希望真是邱菊红那一脚让付玉娇和她的孩子们天人两隔。小雪和小光已经失去了母亲的陪伴，他实在不希望邱菊红的孩子，因为她的锒铛入狱而失去亲妈的养育。

站在小学的窗台边，言本陷入了情绪的旋涡，无法自拔。

这个静卧在群山深处的村庄，有着美不胜收的自然景色，可又处处散发着让人窒息的绝望。连绵起伏的青山，清澈见底的绿水，各色杜鹃花四处开放，纤细的翠竹随风摇曳，喜鹊在树梢上愉快地欢叫，田鼠在庄稼地里忽隐忽现……这样的地方本该是人间天堂，可不知为何，这绚烂多姿的画卷里，总隐藏着压抑的暗淡，弥漫着挥之不去的孤单。好像这里的一草一木都有着自己不可告人的心思和秘密，让人看不透，也猜不准。表面上处处云淡风轻，暗地里却时时风卷云涌。

尤其是暗夜里，猫头鹰的叫声如一声声泣诉，让人毛骨悚然，辗转反侧。夏蝉们不绝于耳的噪鸣声，夹杂着入了蛇口的青蛙的绝唱，听着更叫人断肠。明知青蛙们入了蛇的血盆大口，马上就要面临死亡，听的人却无力回天，只能袖手旁观，见死不救。

村庄的边缘，是一个下临无地的峡谷，危峰兀立，岌岌可危。从峡谷口往下走，仿佛走入万丈深渊，像是再也无法回头，随时会被深渊吞没。

这样的绝望，让言本分分钟想要逃离。

4

言本走下楼梯，正要走出大门的时候，听见厨房里有动静。他走进厨房，看到灶台上站着一只神情奇特的长尾黑，像是在发呆，又像是在沉思。言本觉得好奇，想要凑近看看，谁知那长尾黑一个振翅飞出了窗户。

言本转头正想走出厨房的时候，瞥见了灶台后面杂乱的柴火堆里，有一个看似眼熟的物件。他走近了一看，是一个相框，相框里是一个小女孩。“天哪!”言本一声大喊，“那不是出现在我梦里的小女孩吗？一样的衣报，一样的发型，一样的个头。梦里的女孩怎么跑到这里了，难道那不是梦？难道这个女孩真的存在？”

言本弯下腰，用颤抖的手，将相框拿起，举在眼前细细端详。梦里小女孩模糊不清的脸庞，此刻变得十分清晰：女孩皮肤黝黑，眼睛又大又圆，鼻子细长，鼻尖稍翘，有一个小小的鹰钩。女孩眼神呆滞，表情呆板，少了平常孩子该有的灵动。

言本觉得女孩像极了一个人。他放下相框，匆匆忙忙地跑到大河家。

“大河，大河！大河在家吗？”他肆无忌惮地叫着大河的名字，俨然忘了自己公安的身份。

“大河放牛去了。公安同志，您找他有什么事情？”彩月看见言本火急火燎的样子，很是诧异。

“哦，我想问他点事！”

“什么事情？看你这么慌慌张张的。”

“我在小学看到……”言本突然意识到什么，没有往下说，转身往外走去。他一边走一边说：“大河回来的时候，让他来小学一趟。”

“好的，放心吧！我一定转告他。”彩月大声应道。

言本刚要跨出彩月家的门槛，又转过身问道：“大河去哪里放牛了？我去找他，反正闲着没事，找他聊聊天，也看看他是怎么放牛的。”

“就在后山上，你从后面的小路上去，应该就能看见他。”

“好的，谢谢！”

言本沿后山的小路一直往上爬，远远地看见大河捧着一本书，站在一头小牛犊的旁边。

“看什么书呢？这么用功。”

“《女王峰》。言本叔叔，你怎么来了？”

“我出来透透气。《女王峰》不是日本著名的推理小说吗？没想到你还爱看这一类书。”

“我不是跟你说过嘛，我想报法律专业。村里的乡亲几乎个个都是法盲，我希望能改变这种落后的状况。这一类书里面有许多与法律相关的知识，虽说是日本人写的，可是我相信全世界的法律应该大体相同。”

“只能说是相通，不能说是相同。各国之间法律细则差别还是很大的，这与各国的国情、制度、历史、人文等都是相关联的。我倒是觉得你读这类小说能更好地参透人性。”

“人性，什么是人性？”

“对，人性！人性就是人的本性。”

“人之初，性本善？”

“那我可就说不清楚了，是性本善还是性本恶，很难讲。不在极端的环境下，没有极端的诱因，人性一般是不会轻易表露的。一个人在极端的情绪中，比如极端痛苦或者极端愤怒，尤其是在面临巨大抉择或利益的时候，才会暴露出本性。在这种情况下，人性已经很难用善恶进行绝对化界定了。我只相信，这世上绝大部分人都不会希望自己成为坏人，如果真的不小心成了坏人，也往往都是有苦衷的。”

“照言本叔叔所说，坏人的行为都有苦衷，那坏人就不应该受到惩罚了？”

“当然不是。只是法律存在的根本意义不是惩罚而是警示！就比如，一个小偷受了法律的制裁，被关了许多年，不见得他就能改邪归正，出来以后不再偷了。身陷牢笼、失去自由本身就是惩罚，是对身心的巨大折磨，再加上监狱内部的教化系统不健全，犯人进去之后不一定能达到改造的目的。况且，对这个小偷来说，法律惩罚他对他自身而言，并不一定会产生多么正面的影响。说不定，被关了几年，出来以后偷得更厉害了，甚至变本加厉，成了抢了。所以，惩罚偷盗者，与其说是为了拯救偷盗者，不如说是为了警示那些还没有去偷盗的人，告诉他们偷盗可能产生的后果，告诫他们不要铤而走险、饮鸩止渴。

再比如，杀人犯被执行死刑之后，被害者不是也不会复活吗？杀人犯对死者家庭带来的伤害，无法通过惩戒杀人犯而得到减轻，最多只是在心理层面上，让受害者的亲属得到些许安慰。死刑真正的意义，是让普通大众意识到杀人必须承担的可怕后果，而不是仅仅为了惩罚杀人者。”

“可是，我看了许多日本的推理小说，里面的凶手杀人都是迫不得已的，有时候你不但不会怪罪他们，反而还会同情他们，甚至产生共鸣。”

“你也说了，这是小说，有杜撰虚构成分。如果现实当中真是如此，那法律就只会变成一种模糊的存在，成了一纸空文。在西方，虽然人性和情感可以作为量刑的考虑因素之一，但是因为人性和情感是飘忽不定的，无法量化，所以西方的这种做法也是有漏洞的。在中国，我们更加专注于证据，也无可厚非。”

“你的意思是，根据案发当时的具体情况具体分析，把各种因素，包括自然、社会、心理、疾病、外压等各种因素作为量刑的依据之一，而不是把杀人这个行为作为唯一依据？”

“大概是这个意思，比如说精神分裂症患者，在没有清晰意识的情况下犯了案，就不能被定罪。或者，强压引起的防卫过当致他人死亡，就不能和一般的防卫过当致死同等量刑。”

“所以说，对精神疾病的医学鉴定就变得十分重要，这个技术一定要足够可靠！”

“说得很对，防卫过当的定义也要非常明确。”

“和言本叔叔聊天，真是受益匪浅哪！哦对了，你来找我有什么事情？”

“你看我，光顾着夸夸其谈，把重要的事情给忘了。”

“什么事情？”

“你跟我去一趟小学，我们去那里再聊。”

“好的！”大河把牛拴到一棵树干上，跟着言本到了小学。

5

言本拿出女孩的照片，举在大河面前。大河下意识地往后退了一步，目光左右飘忽，像是不敢直视照片上的人。

“你认识她？”言本看出了大河的反常。

大河没有回话，呼吸变得急促。

“大河，你快说，这是谁？你到底认不认识？”

“我当然认识！她是，是……”

“到底是谁？”

“她是……是，我，姐姐。”大河费了很大的劲，才把“我姐姐”这三个字说出口。

“你姐姐，怎么可能？到底是怎么回事，你姐姐现在哪里？”言本瞪大眼睛，直直地盯着大河。

“她3年前就去世了。”大河的声音很轻，轻到只有他自己听得见。

“你姐姐现在到底在哪里？”言本又问了一遍。

“她去世了！”这一次，大河回答得干净利落，声音响亮，好像他刚刚战胜了某种恼人的情绪，突然变得清醒。

“对不起，我不知道她已经……如果可以，我想听你说说，她是怎么去世的？”言本虽然理解大河的难处，可还是忍不住打破砂锅问到底。他总觉得，女孩不是平白无故地跑到他梦里的，长尾黑和相框也不是偶然出现的，好像是冥冥之中的一种启示，一种指引。

“3年前的一天，有人突然跑到我家里，说我姐姐在小学出事了。我和妈妈跑到这里的时候，姐姐已经断气了。她睁着大大的眼睛，直直地躺在地上，脸色白得像石灰一样。”大河面无表情，语气平缓而冷淡。

“到底是怎么死的？”

“应该是吃了野生八角，断肠草的果子。她死的时候，手掌心里还有几颗野生八角。”

“断肠草？你们这里有断肠草？”

“当然有，我们叫‘菜子龙草’。从小妈妈就告诉我，哪座山上有这种毒草，她还教我辨识毒草的样子。妈妈不厌其烦地跟我说一个故事，让我印象非常深刻。”

“什么故事，说来听听。”

“妈妈说，很久很久以前，有一个叔叔挑着一担干柴从一株菜子龙草旁边走过。毒草的叶子在微风中轻轻地摇曳着，那位叔叔以为毒草是在向他招手，于是情不自禁地摘下毒草的叶子，往嘴里塞去。第二天，村里人找到他的时候，人已经死了。他躺在毒草旁，脸上还带着笑容。”

“这位叔叔是你们村的？”

“不知道。我也这样问过妈妈，妈妈说这就是个传说，是个故事，没有人知道真假。”

“哦！既然你会辨识毒草，为什么你姐姐会吃毒草的果子，难道你妈妈没有教会她怎么识别吗？”

“不是，妈妈肯定也教她了，只是她自己记不住。山上什么样的果子，她都摘来吃。”

“那就奇怪了……”

言本刚想往下说，大河打断了他：“没什么奇怪的，因为她是智障儿。”大河说得匆忙，好像是在宣示他已经不得不接受这个事实了。

“哦，那这个果子究竟是谁给她的？”

“不知道，十有八九是她自己采的。她成天嘻嘻哈哈的，什么都不懂，就知道吃，什么都往嘴里送，吃多少都不觉得饱。要不是我们村一共也没几株断肠草，估计她早就被毒死了。”

“你们当时没有报案？”

“没有。”

“为什么不报案？”

“大家都一致认为姐姐是被野生八角毒死的，还有什么必要报案？再说了……”大河说到这里，停顿了一下。

“再说什么？”

“再说了，姐姐死了，大家都安生了。”

“为什么？”

“姐姐吃得多，发育得快，13 岁的时候就来月经了。她自己不知道收拾，月经期还到处乱跑，血滴得到处都是。我妈觉得很丢人，不让她出门，把她反锁在屋里。可是她大喊大叫地砸门，吵得街坊邻居都烦透了我们，后来我妈管累了，就再也不想管了，想管也管不住了。”

“想想也是，一个大活人怎么能锁得住？”

“更可恨的是，姐姐 13 岁的时候，有很长一段时间没来月经，妈妈觉得不对劲，带她去医院一查，都怀了 3 个多月了，不知道是哪个畜生把我姐姐糟蹋了！”大河怒目圆睁，“我真想把他宰了！”

“冷静，冷静！先到楼上，坐着休息一会。”言本拍了拍大河的肩膀。

“我不用休息！”大河一把推开了言本的手，清了清嗓子，接着说，“从医院回来，大约过了10天，姐姐就……”

“你姐姐是未成年人，被性侵应该报案的。查出怀孕的时候就应该报案！”

“报了案又如何？”

“报了案就可以找出你说的那个畜生啊！”

“哼！就算知道孩子的爸爸是谁，谁又能保证就没有其他男人欺负过我姐姐呢？再说了，一个让人厌恶唾弃的人，就算被欺负了，又有谁真的同情呢？”

“难怪我一直觉得你比村里别的孩子懂事许多。”

“是！我从小看得比别人多，比别人透，所以我要学法律，要改变蒙昧，让姐姐在天之灵看到希望。相信天堂里的姐姐是清醒的，聪明的，有智慧的。”

“那，这个相框是什么时候放在这里的？”

“姐姐走后，我想把照片摆在家里，可是家里人怎么都不同意，说姐姐小小年纪就去世了，怨气深重，照片摆在家里不吉利。妈妈也怕触景伤情，所以就把照片放在了这里。这是姐姐唯一的照片，在她10岁的时候照的。我想姐姐的时候，也只能到这里来看看这个相框。”

“那平时来这里教书的老师看到照片……”

“老师们都不在这里做饭，你没有发现灶台上都是灰吗？已经很多年没有人用了。”

“那小学总是频繁换老师？”

“对，新来的老师刚开始不清楚情况，会在楼上的屋子里睡。可是，一听说这里死过人，老师们哪还敢住？都要求吃住在学生家里。”

“上一次听你说……”

“上一次，我实在不想提起姐姐的事情。”

“你姐姐去世以后，你妈妈很伤心吧？”

“姐姐走后，有很长一段时间，妈妈几乎不说话，就像失声了一样。半夜里，我经常听到妈妈的哭声，哭得我都绝望了！妈妈那么痛苦，我却无能为力，只能劝她说姐姐去了更好的世界，比我们这里强多了，天堂里面不会有人嘲笑她。”

“没想到你这么乐观。”

“不是乐观，是向现实妥协了。姐姐就像村里的不治之症，她一死，大家好像都神清气爽了，连我自己都觉得少了一些负担。我虽觉得愧疚、自责，可那种如释重负的感受也是真实存在的。”

“我能理解，我相信，正如你所说，你姐姐定是去了更好的世界，在那里没有人唾弃她、鄙视她，大家都一视同仁。”

“嗯，言本叔叔，你现在知道情况了，要是住着觉得心里硌硬，就去我家睡吧？我家还有间空屋子，我跟我妈说一声。”

“不，正是因为知道了你姐姐的事，我更觉得住在这里是合适的。”

“为什么？你不觉得害怕吗？”

“冤有头债有主，有什么可怕的？再说了，我午睡的时候还梦到你姐姐了。”

“是吗？你以前没有见过她，怎么会知道梦到的是她？”

“本来是不知道的，后来看到照片，我就确定梦到的是她：一样的衣服，一样的发型，一样的个头。我总觉得你姐姐好像有话要对我说。”

“公安也迷信？”

“这不能叫迷信吧，这个世界有太多未解之谜，也许是因为你姐姐的气场还留在这里，当我来到这里的时候，我的场和她的场发生了碰撞而已。”

“也许是吧，我也常常梦到姐姐。”

“哦？你梦到她什么了？”

“我总是梦到，姐姐拉着我到大金山上采蘑菇。我以前从来不喜欢采蘑菇，只喜欢看书，觉得采蘑菇是浪费时间。别的孩子一到夏天都特别兴奋，因为大金山上的蓝靛只有到了夏天才会冒出来，他们天还没亮就往大金山上跑。我呢，正相反，天一亮就起来晨读。家长们都夸我是个有出息的孩子，可孩子们呢，都笑话我是书呆子，不会爬树，不会游泳，也不会采蘑菇，更不会打兔子、抓蛇，连种地也不会。还好我会放牛，不然都不敢说我是庄稼人的孩子。姐姐去世以后，我老梦到姐姐拉着我去采蘑菇，这才时不时地跟着阿光他们到山上去。可是我笨手笨脚的，哪寻得到蘑菇啊，蘑菇寻我还差不多，每次筐子都是空空的。阿光怕我妈数落我不仅浪费时间，还耽误了看书，每次都把他采的蘑菇分给我。用我妈的话说，我要是考不上大学，就是个废物。别的孩子就算大字不识一个也饿不死，我就不一样了。”

“到了哪座山，唱哪出戏。要不是你把时间花在学习上，那些事情没有一样能难得倒你。”

“那可不一定，有的技能我怕是一辈子都学不会。阿光他们爬竹竿就跟爬楼梯一样容易，像个小松鼠，上上下下，自由灵活。在我看来，那简直就是身轻如燕，飞檐走壁。”大河侃侃而谈，渐渐走出了因他姐姐而起的复杂情绪。

言本看到他紧皱的眉头渐渐舒展开来，释然了许多。

第十一章　自然之道　万物之谜

1

再次躺在小学的屋子里，言本无心再看天花板上的裂痕，也无暇顾及屋里的霉味了。大河姐姐大莲的悲剧，让他觉得来到苏山头是他的使命。他开始相信所看到的、听到的一切都不是偶然，倒像是老天爷刻意的安排。他希望睡梦中，大莲还会出现，甚至开口向他倾诉，告诉他关于她的不为人知的秘密。

可让他失望的是，那天夜里，他睡得很香，竟一觉睡到了天亮。第二天清晨，他根本想不起来梦里的内容，他甚至忘了自己究竟有没有做梦。

幸好县刑侦大队的人早早就来找他，说玉娇的遗体已经解剖完毕，从观察来看，没有因外伤引起的内脏出血，胃里和食道里也没有敌敌畏的残留，倒是有许多未分解的蘑菇。胃内容物和血液的样本等已经送往市刑侦支队去化验了。

言本听后，又陷入了沉思。

解剖结果既然已经排除敌敌畏致死和外力致死的可能，那就一定另有死因。既然胃里有大量未分解的蘑菇，也就是说，付玉娇死前不久吃过蘑菇。可奇怪的是，在案发现场并没有发现吃蘑菇用的碗筷。这碗筷究竟是付玉娇自己端下去了，还是被人拿走了？

一想到这里，言本追风逐电，跑到玉娇家的厨房一顿搜寻，但并没有什么有用的发现。所有的碗筷都整整齐齐地摆在碗柜里。

言本又怪起了自己，考虑问题不周全。可细想，谁会料到付玉娇会在大清早炒蘑菇吃呢？

苏山头的夏天潮湿闷热，人们常规的早餐是白米粥配咸菜。一般情况下，只有中午或者晚上才会吃炒菜。付玉娇那天到底受了什么刺激，大早上的吃起了蘑菇？难道蘑菇不是她自己炒的，而是别人炒好了端给她吃的？如果付玉娇的死是这一碗蘑菇引起的，那端蘑菇给她吃的人，十有八九就是凶手了。那凶手的动机又究竟是什么呢？

若真是蘑菇引起的死亡，要么蘑菇里被人下了毒，要么蘑菇里掺了毒蘑菇。若是前者，那毒药得多么无色无味，才可能让付玉娇吃的时候没有任何察觉？荒野小村，人们去哪里弄这么高明的杀人不眨眼的毒药呢？

如果是毒蘑菇引起的死亡，就更让人费解了。付玉娇生在农村，长在农村，不会连毒蘑菇都不认识吧？看到毒蘑菇还往下咽，难道她真的想自杀？可如果真是吃毒蘑菇自杀，又何必拿农药瓶子掩人耳目？

各种可能，各种猜测，在言本的脑海里萦绕纠缠，剪不断，理还乱。他只希望详细的尸检报告快点出来。

2

刑侦大队的人走后不久，显树和村长来找言本。

“公安同志，显树来问问尸检的结果出来没有?”村长问道。

“就是啊，结果出来没有啊?要是出来了，这人就得赶紧下葬了。”显树拉长了脸，不耐烦地说道。

“还没有呢，哪有那么快，又不是只有咱们一个案子。”

“怎么这么慢啊！下葬的日子都挑好了，可不能变的！人的生辰八字是定的，这下葬的时辰和日子都是有讲究的。”显树郑重其事地强调。

“这案还没破，就定了下葬的日子?你可真有意思！下葬，下葬，就关心下葬！你怎么就不关心你老婆怎么死的?被谁害死的?”言本也知道，本不该说这样的话刺激显树。不管怎么说，显树是受害人家属，应该得到宽慰和尊重。可是，显树总是偏离重点，言本已经忍无可忍。

“不是我不关心，我关心有用吗?查案这种事情，我也搭不上手。再说了，人都死了，投胎要紧，要是赶不上投胎，成了孤魂野鬼，这家里和村里可就安生不了了！”显树说得更起劲了。

“公安同志，农村人就信这一套，您也别生气，望您理解！”

“他生什么气啊，都这么多天了还没破案！大热天的，玉娇在停尸房里面估计都已经臭了。你说要是臭了，还怎么下葬?谁还愿意抬棺材呢?”

任凭显树各种埋怨，言本就是不作辩解。显树油盐不进，言本深知辩解没有任何意义。

“停尸间里自然有防腐的办法，你们放心，这几天我让所里的人不停地打电话催，让他们尽快出尸检报告。说真的，我比你们还着急！”

“那就好，那就好！辛苦公安同志了。住在这么简陋的屋子里，亏待您了。”村长又是一脸媚笑。

“这倒没什么，住这里挺好的。对了，你们还记得大莲吗？”

“不，不记得了！”村长和显树几乎异口同声地回答道。

“没什么事情我先回去了，还要安排后事呢！”显树着急要走，语气不再那么强硬了，好像大莲这个名字触动了他的神经。

“是啊，是啊！我也先走了，显树还是有良心，准备花钱给玉娇做五天五夜的功德，让玉娇去了那边有好日子过。”

“你们先走吧。”对于村长的话，言本实在不敢苟同；可对于当地十分盛行的道派的丧葬习俗，他却不敢有任何非议。

那些关于奈何桥、阴曹地府的传说，听起来虽说有些天方夜谭，可活着的人谁也没有资格加以否定，因为活人永远到不了那些地方。既然没去过，没有亲眼看到，没有切身体会，就无法证明真伪，也就没有资格否定。再说了，一方水土养一方人，人们迷佛也好，信道也罢，是风土人情，也是地域文化的沉淀，理应得到尊重。

相比于这些，显树的冷漠更让言本觉得心寒。好像凶手对付玉娇的伤害、对他孩子的伤害，并没有给他带来多大的伤悲；揪出杀人凶手，把杀人凶手绳之以法，也没有引起他多大的兴趣。

言本甚至怀疑，显树迫不及待地想要将付玉娇下葬，是出于某种深不可测的动机。如果不是显树事发前一直在福建，有非常确定的不在场证明，言本一定会将他列为重大嫌疑人。

显树的反应也让言本渐渐理解，付玉娇为什么会出轨，为什么会选择张志标。张志标眼中流露出的是浓烈的爱、惨烈的割舍，那种连局外人都看得清清楚楚的无法隐藏的绝望，与显树的淡漠形成了鲜明的对比。

从各种情杀案件来看，平淡的两性关系中发生的杀害，往往出于某种可怕的动机，比如利益，比如仇恨。热烈的爱情中发生的杀害，一般仅仅是因为爱，因为被困在爱的胡同里无法自拔的情感枷锁。因此，前者往往是处心积虑的谋杀，而后者常常是临时起意的激情犯罪。

付玉娇的案件中，苏显树和张志标虽然都有情杀的可能，但好在都有确切的不在场证明，已经基本排除嫌疑。除非……除非他们的作案手法特别离奇，或者有共犯，他们只是幕后策划者。

3

玉娇死后，村里的孩子们像是被捆住了手脚，每天待在家里，无人敢再去大金山采蘑菇了。仿佛大金山幽深的密林中，还有一个玉娇，正泪眼迷蒙，依依不舍地望着村里的一切。

大金山离小岗头很近，小岗头是村里集中安放死人的地方。每当小岗头有新的“住户”，尤其是年纪比较轻的“住户”，很长一段时间内，大人和孩子们就会远离大金山。大金山于是变得沉寂而阴森。

一听说玉娇的胃里残留有蘑菇，言本对采蘑菇这个事情就产生了浓厚的兴趣。他找来大河和小光，要去大金山一探究竟。

“言本叔叔，怎么想起去采蘑菇了?”大河不解地问道。

“听说咱们这山上到处都是宝贝，山珍野味，什么都有，尤其是蘑菇，种类繁多，我就是想见识见识。听说有一种叫蓝靛的，可好吃了，我也想碰碰运气，看能不能采到一些。”言本手里拎着个竹篮，走在小光和大河的身后。

“那可不，我们这里每座山上都有蘑菇，各种颜色，各种形状，各种味道，应有尽有。”大河一脸自豪地说道。

“说得好像你多会采蘑菇似的!”小光有些不服气地看着大河。

“你就别笑话我了，我知道你是个寻蘑菇的能手。言本叔叔，阿光采蘑菇可厉害了！山上的蘑菇就像小精灵一样，一个个变着戏法往他眼前窜！只要他一出手，就知有没有!”大河笑着说。

“那是，这个夏天我采了可多蘑菇了，晒成干，等着我妈……”说到这里，小光突然哽咽了，泪珠在眼眶里打转。

大河的眼睛也湿润了。两个孩子面对面地站着，许久没有说一句话。

空气仿佛凝固了，周围一片死寂。

“你们快看，那里有只大松鼠!”看到不远处的树干上停着一只松鼠，言本趁机一声大叫，打破了死寂。

“言本叔叔，你是不是从来没有见过松鼠啊？这么大惊小怪的，我还以为你看到大蟒蛇了呢！”大河忍不住笑出声来。

“松鼠肯定是见过的，就是没见过这么肥的，要是抓来烤了吃，一定特别美味吧！”

“不行，不能吃松鼠！松鼠是我们的好朋友。”小光把言本的话当真了，一脸的不愿意。

看着两个孩子时而愁容深重，时而天真无邪，言本心生感慨。小小年纪就失去了至亲至爱，大河也好，小光也罢，怕是再也无法与其他孩子一样无忧无虑地成长了。他们的心被掏走了一块，留下了一个洞，需要时间和更多的关怀去填补。如果幸运，这个洞也许会越来越小直至填满；如果继续遭遇不幸，或者缺乏足够的关爱，洞就会越来越大，再也无法补全，成为心理障碍，成为灵魂深处永不休止的困扰，不仅折磨自己，还折磨他人，他们甚至会成为社会的害虫。

现在看来，失去姐姐的大河心里的洞，已经补得差不多了。言本真心希望，不会有人再在大河的伤疤上撒盐，再次挖洞。至于小光心里的洞，言本无法预估，究竟需要多长的时间才能填补。

不过，让言本觉得欣慰而讽刺的是，玉娇生前的常常消失，倒也产生了一些正面的影响。小光和小雪比其他孩子更早实现了生活上和心理上的独立，这使他们没有因为母亲的离去而陷入彻底的崩溃。

“你们还见过大蟒蛇啊？”言本问道。

“见过，见过好几次了！”“很长很大。”大河和小光抢着说。

“哇，你们不害怕呀？不怕蛇咬你们？”

“言本叔叔，这你就不懂了吧，蛇很少会主动攻击人的，除非它以为你要攻击它。我们这里蛇很多，草丛里、小溪里，甚至大树上都有蛇。要是蛇喜欢主动攻击人，我们哪还能活得下来？倒是蛇害怕我们，毒蛇看到我们，就会立起身子，睁大眼睛盯着我们，全副武装，时刻准备应战。只要我们识相点，快些离开，它也就卸下防备爬走了。”大河解释道。

“我真佩服你们，我要是碰到毒蛇盯着我看，我的腿都软了，可能当场就晕倒了。”言本打趣道。

“言本叔叔，你可是警察，这么胆小怎么对付坏人啊?”小光问道，语气里满是不解。

“坏人会说人话啊，蛇可不会说人话。对付坏人，我自有办法，因为都是人，可以分析他的想法和可能的举动，比如会出拳呢还是会出脚？毒蛇就不一样，没有手也没有脚，只会放毒液，谁知道它到底什么时候放毒液呢?”言本对自己的解释非常满意，觉得自己的话句句在理。

“那可不一定，很多坏人藏得很深的，没有人知道他们心里究竟在想什么。就像《女王峰》里面的杀手，人前是个温柔贤淑、美丽善良的大美女，可暗地里却是个杀人不眨眼的恶魔。”大河辩解道。

“大河说得有理，在凶案中最难对付的就是这种隐藏很深的坏人。他们有着很强的两面性，表面上看起来是个善良宽容的好人，可暗地里呢，却什么事都干得出来，让人根本看不出漏洞。不过也不要紧，天网恢恢疏而不漏，坏人终有一天会露出马脚的。”

“就像有的毒蘑菇，颜色鲜艳，长得可漂亮了，就算是躲在树丛里也能被人一眼看见。但有的毒蘑菇长得跟好蘑菇很像，让人很难发现，如果不知道它有毒，人们一定会高高兴兴地采回家去。”小光举了个例子，一样很有说服力。

“那不管是能吃的蘑菇还是毒蘑菇，你们都能辨别出来吗?”

“我就知道几种，比如说牛肝菌，我们叫蓝靛；还有苦菇，吃起来虽然苦苦的，可是特别爽口，还有灰鹅。以前和爸爸一起下地干活，常常在田埂上看见灰鹅。其他的菇种就不大认识了。记得有一次在家吃午饭时，我猛一抬头，看见对面的山上白花花的一片。我和妈妈过去以后，才知道那白花花的是一大片苦菇，两个大筐都装不下。现在想起来还觉得特别激动。”大河笑了，露出满嘴白牙。

“那小光呢，是不是什么蘑菇都认识?”言本问道。

“当然啦，奶奶在的时候总带着我采蘑菇，教我采蘑菇的方法，也教我辨别不同的蘑菇。所以，我们这里哪座山上长什么蘑菇，哪些蘑菇有毒，哪座山上的蘑菇不能吃，我全都知道。”小光自豪地拍了拍胸脯。

“难怪你这么厉害呢，原来是你奶奶手把手教的啊!”大河说道。

“哦？还有整座山上的蘑菇都不能吃的？只要是那座山上长的蘑菇都不能吃吗？跟品种没有关系?”言本不解地问道。

“是啊，听奶奶说，吃了小岗头山上的蘑菇，人会癫起来。”

“怎么可能！为什么?”言本听着更加觉得不可思议，他认为一定是小光误解了他奶奶说的意思。定是几个人凑巧吃了那座山上的同一种蘑菇，都疯癫了，才导致人们以为那座山上的所有蘑菇都有问题，都不能吃。

“因为小岗头上放的都是死人，那座山被诅咒了，长出来的蘑菇都有毒。”小光解释道。

“这是你奶奶告诉你的？”言本问小光。

“是的，奶奶说，就算饿死也不能采那里的蘑菇吃。吃上几口就会发癫，吃得多了就没命了。”

“那座山上主要长什么蘑菇？”

“不知道，我从来没有去采过，本村的人也不会去采。”

“居然还有这样的事情？太不可思议了。”言本应付着小光，心里却一直犯嘀咕：怎么可能有这样的事情呢？整座山上的蘑菇都有毒，难道山上的土壤被污染了？苏山头山清水秀，一片大好风光，也没有任何工业，土壤怎么可能被污染？难道是化肥污染？

“会不会是化肥污染？”言本问大河。

“不会的。小岗头之所以成为我们村的墓园，是因为那里没有水田，也没有茂密的植被，根本不可能有化肥污染。”

“吃上几口就能让人发癫，再多吃几口就要了人命。说毒蘑菇是那隐藏很深的杀手，是名副其实的恶魔，一点都不为过啊。最可恶的是，它们鲜亮讨巧的外表和美味多汁的口感很容易让人放松警惕，让它们成了山林中致命的诱惑。觉察不到的危险才是最大的危险，这么想来，这毒蘑菇竟比毒蛇还可怕呀！你家平时就你采蘑菇？”言本问小光。

“一般都是我带着小雪去采。小雪虽然没有我厉害，可是一般的毒蘑菇也都认识，如果遇到不认识的，她就会问我能不能采。”

“这么说来，你们一定不会采到毒蘑菇？”

“当然不会！就算小雪不小心采到毒蘑菇，我晒的时候也会发现的，也会把毒蘑菇扔掉。”

“为什么不吃鲜蘑菇，非要晒成干？新鲜的不是更好吃吗？”

“奶奶说，再好的蘑菇，吃多了都会生病。再说了，也没人给我们做。”

“言本叔叔，阿光知道鲜蘑菇放不住，几天就坏了，所以晒成干，等着阿玉婶回来吃。可谁也不知道阿玉婶什么时候回来。”大河解释道。

“那小光为什么不去叫妈妈回来？这里到镇上并不太远。”言本问道。

“我才不去呢，她爱回不回，我才不要跑到张志标家求她回家呢！”小光一脸不屑。

“知道小光不会采到毒蘑菇，叔叔就放心多了！哎呀，我肚子好饿啊！你们俩快帮叔叔找找蓝靛。”言本拍了拍小光的头，赶忙岔开话题。

言本本来还担心，付玉娇也许是吃了小光误采的毒蘑菇，才没了性命的。那样的话，小光就成了间接杀害生母的凶手，那小光的余生该如何面对他妈妈的在天之灵，又该如何面对他自己呢？可当他知道小光对毒蘑菇的辨认如此胸有成竹的时候，心里那块石头总算放下了。

放下一块石头，就意味着他要捡起另一块石头。既然不是小光的无心之举，那就一定是某人的刻意为之。这个人究竟是谁，他为什么要置付玉娇于死地？又是通过什么手段，让付玉娇心甘情愿地吃下毒蘑菇的？从付玉娇定格的安详平静的表情来看，死前并没有遭受巨大的痛苦，可见，她吃蘑菇的时候并没有受到什么外力的胁迫，更像是在一种美好圆融的情境下，愉快地享受。

付玉娇应该是在和邱菊红吵完架以后才吃的蘑菇，那她吃蘑菇和吵架事件有没有什么直接的联系？会不会是付玉娇和邱菊红吵完架以后，情绪陷入了低谷，又想起了张志标，留下来的决心发生了动摇，可是又不想辜负小光的一片苦心，于是炒了一盘蘑菇，准备吃完回到张志标那里？如果是这样，又是谁变了什么戏法，让毒蘑菇跑入付玉娇的口中？

“言本叔叔，你看蓝靛。”大河指向一个灌木丛，激动地喊道，把言本的思绪拉回到现实。

顺着大河手指的地方，言本看见一群黑褐色的菇朵，藏在松针、枯叶中。菇朵的颜色和枯叶的颜色差不多，不仔细看的话根本发现不了。

“这就是蓝靛啊，太可爱了！我来采，我来采！你们别动，这就算是我的劳动成果了。”言本小心翼翼地将一个个蓝靛摘下，放入筐中。他数了数，正好十个。

“这回我算是明白小光为什么喜欢采蘑菇了，这场景，太让人激动了。”言本喜出望外，好像捡到了宝贝似的。

“可不是嘛，采蘑菇对于阿光，就像读书对于我一样重要。不过我还是希望阿光能像我一样去读书。”大河说道。

“小光没有读书吗？”言本问道。

“有时候去，有时候不去，想去就去，不想去就不去了。”小光耷拉着头，有些不好意思。

“为什么不想去？”

“上学哪有采蘑菇有意思？呆呆地坐在那里，连动都不让动，可难受了！”

“那是因为你没有听懂老师讲的，你要是听懂了就有意思了，坐着也不难受了。”大河说道。

“就是啊，老师说的我都听不懂，白白坐着浪费时间，还不如到山上跑跑呢。”

“不过小光，叔叔希望你以后认真读书，我相信你妈妈在天之灵也希望你长大以后成为一个有文化的人。”

“我知道，妈妈以前说过，她最大的遗憾就是书读得太少。我也知道，她之所以喜欢那个张志标，也是因为我爸爸没有文化，是个土棍。”

“这话是你妈妈说的？”言本问道。

“妈妈没有直说，可是我看得出来，妈妈看爸爸的眼神和看张志标的眼神完全不一样。”

“哦？有什么不一样？”

“她看爸爸的时候，好像根本不在看他，可她看张志标的时候，却好像是紧紧地盯着他，眼睛里能发出光来。”

“是吗？那对于你妈妈和张志标的关系，你怎么看？”向一个孩子问这样的问题，言本也知道有些不妥，可是因为太想知道这个问题的答案了，他还是忍不住问了出来。

“记得我第一次见他，是在小雪出生的那个晚上，在他的帮助下，妈妈才顺利地生下了小雪。那时候，我觉得他是一个英雄，是来救我们的。我甚至觉得他比我自己的爸爸更像一个爸爸。那以后的一段时间里，他每次来我家，都给我们买好吃的好玩的，给我们讲故事，也讲做人的道理。我常常觉得，我们四个更像一家人，爸爸跟我们却越来越陌生了。后来他因为受不了太多闲话，就不再做我们村的驻村干部了。妈妈很难过，总是忍不住跑到镇上找他，经常好几天都不回来。我就开始讨厌张志标了，总觉得是他抢走了妈妈。最可怕的是，我能感觉到，在妈妈心中，张志标比我和小雪更重要。”小光娓娓道来，语气平缓，像是在讲别人的故事。

“那现在呢，现在又是什么感觉？还恨张志标吗？”言本问道。

“现在？没有什么感觉了，更没有什么恨了，好像妈妈的死把一切都抹平了。”

“那就好，没有恨最好，恨不会改变事实，却可以让一个人陷入无尽的痛苦。”

“其实，其实我也希望，妈妈来生能嫁给像张志标那样的男人。”

“为什么？”

“因为只有他那样的人，才会让妈妈的眼睛里发出好看的光。”

小光读懂了玉娇，言本也读懂了小光。那一刻，言本看到一道和煦的光照进密林，照在落叶上，打在他们的身上。密林不再幽深，不再忧伤。

“对了，这些蘑菇晒成干以后，颜色会变，对吧？”言本问道。

“对的。鲜蘑菇好区分，晒成干以后颜色变了，就分不大出来了，除非两种蘑菇长得非常不一样。”小光认真地解释道。

“举个例子听听。”

“比如蓝靛和花脚靛，鲜的时候一看就知道，可是晒干了就不好分辨了，除非很认真地看。可如果是红菇，就算晒得再干，由于颜色不一样，放在蓝靛干堆里，也能一眼就认出来。”

“小光懂得真多啊，不愧是个蘑菇专家。我们现在去一趟你家，看看你晒的蘑菇干，如何？”

“好的，没问题！”

小光领着大河和言本走下大金山，往村里走去。

走着走着，言本突然感觉前面不远处的树丛里有动静。他定睛一看，看见一条黑底白花的长蛇，不动声色地匍匐在树丛中。

“蛇！蛇！”言本颤颤巍巍地叫着，快速往后退去，惹得大河和小光哈哈大笑。

“言本叔叔，你太胆小了，看把你吓得！我连五步蛇都摸过，它也没咬我。你离蛇那么远，它能把你怎么着？”小光说道。

“小光，你这话我可不信。五步蛇有剧毒，你摸它，它能不生气？”言本质疑道。

“这个，我也不信，阿光肯定吹牛了。我听说五步蛇都是一公一母出现，靠一种‘唾液线’连着，互相保护对方。你不管碰了其中的哪一条，另一条就会迅速窜出来攻击你。你要是真摸了其中一条，那另一条肯定会跑出来咬你，那你就死定了。听说被五步蛇咬过后，五步之内，必死无疑。”

“我就知道你们不会信，反正我没有撒谎。我奶奶说过，蛇是有灵性的，能区分好人和坏人，只要你是好人，它就不会伤害你。我奶奶上山的时候，经常有蛇从她的脚面爬过，但她从来没有被咬过。奶奶说，如果蛇离你很近，挡了你的道，你就跟它说：你走你的阳关道，我走我的独木桥。蛇就会乖乖爬走。”

“哦？蛇也听得懂人话？”言本问道。

“听不听得懂我不知道，反正我试过很多次，都有效果。”

“你的意思是，因为五步蛇能够分辨出你是好人，所以就算你摸了它，也相安无事？照你这么说，那对付坏人就有办法了，直接拉到山上让蛇咬了就是，还需要警察做什么？”对于小光的话，大河很是不以为然。

“这你就不懂了，我奶奶还说，我们眼里的好人坏人和蛇眼里的好人坏人不一样。”

言本知道小光是想说，在人眼中是坏人，在蛇的眼中不一定就是坏人。那一刻，他觉得小光像是一个小圣人，仿佛参透了不可言说的自然之道。他甚至开始相信，这山间，也许真的有精灵，你与它越亲近，它就会让你知道它越多的奥秘。

第十二章　抽丝剥茧　看见端倪

1

又一次爬上玉娇家的楼梯，言本觉得胸闷压抑。楼梯两侧的木制栅栏像是有了意识，一直向中间挤压，压得他想要挣脱逃离。他感觉上一次来这里，已经是很久以前的事情了，仿佛时空发生了跳转，转到了一个让他觉得陌生至极的地方。这里静得出奇，像一个喧嚣的锣鼓突然失了声。房子不大，却很是空旷，好像随便一句呐喊都能形成回声。从烈日中踏进大门，有一股寒气袭面而来，让肉体觉得舒爽，却又让灵魂生出悲怆。

爬到楼梯尽头，言本看到一扇紧闭的原色木门，门上有好几道手指宽的裂缝。他伸手推了推门，怎么也推不动。

“这个门怎么上锁了？”言本问道。

“爸爸不让我们进去，说不吉利。”小光有些不好意思地低下了头。

“哦，对！这是你妈妈的房间，有什么不吉利的？难不成你妈妈还会伤害自己的孩子？”

言本这时才突然意识到，那扇门正是玉娇的房门，只是之前房门一直开着，他从来没有发现那门上有裂缝。

“爸爸说人鬼不同，人懂认亲，鬼不懂，鬼只懂利。”

“哼！你爸爸啊，懂得可真多！”言本顿感哀伤：人走茶凉，这茶凉得也太快了吧！

“小雪总是趴在门上，从门缝往里看。”小光说道。

“哦？屋里什么样子啊，我也看看。”于是言本把眼睛凑近门缝，努力地往里看。“里面没有什么特别的啊？”

“你又不是妈妈的孩子，你看到的都是些家具摆件。”

“那你和小雪看到的是什么？”

“我们看到的是妈妈的影子。晚上的时候，小雪能看见妈妈坐在床上发呆。”小光压低声音，说得十分鬼祟。

“是吗？”

“爸爸说，那是妈妈的鬼魂。妈妈舍不得离开我们，舍不得离开这个家。一定要等下葬后做完功德，妈妈才会离开。”

“小光啊，叔叔知道，你失去妈妈很伤心，但是相信叔叔，世界上没有鬼。”

“不，我宁愿相信世界上有鬼。”

“为什么？”

“那说明妈妈并没有消失，只是去了另一个地方，只是不和我们在一起了而已。”小光说着，脸上露出了浅笑。

“小光说得对，你妈妈只是去了更好的地方。咱们先去看看你的蘑菇干。”看到小光脸上的笑容，言本把已到嘴边想要纠正小光认知的话，生硬地咽了回去。

小光把言本拉到次卧的柜子前，打开柜子，从里面搬出一大袋子蘑菇干倒在地上。蘑菇干扬起的气味和粉末，呛得言本直打喷嚏。

“小光，给你个重要的任务，你看看这些蘑菇干中有没有你不认识的蘑菇，或者你认识的毒蘑菇。”

小光于是开始仔细地翻找。

“这个蘑菇有毒！”不一会儿，小光举起一个蘑菇干，激动地叫了起来！

“小点声！不要让别人听见了！”大河连忙提醒小光。

“真的有毒蘑菇！”言本心里一惊，蹲了下来，接过小光手中的蘑菇细细查看：“这个蘑菇叫什么名字？”

“叫‘癫伞’。奶奶说过，这种蘑菇毒性很大，人吃了先是傻笑、发癫，接着很快就会死掉！”小光解释道。

言本拿起另一朵蓝靛问：“你是怎么分辨出来的？我看着差不多啊。”

“这个蘑菇朵下面的花纹和蓝靛的不一样，还有，这个毒蘑菇的腿又细又长，蓝靛的腿比较粗；这个下面是细长条形的，而蓝靛的是小孔。”小光俨然一个蘑菇专家的样子。

按照小光的说法，言本对两种蘑菇进行了细致的观察和对比。果然，毒蘑菇的菌柄要比蓝靛的细很多，而且毒蘑菇的菌褶呈放射状，而蓝靛的却是菌孔。另外，他还发现了一个小光没有提到的区别，那就是毒蘑菇有菌托和菌环，蓝靛却没有。

“小家伙，火眼金睛啊！观察得很仔细啊！不愧是个蘑菇能手。”言本嘴里夸着小光，心里却暗想：既然小光连晒干的毒蘑菇都能识别出来，就绝不可能误采毒蘑菇。如果付玉娇的死真是由毒蘑菇引起的，那么凶手一定是趁她不注意，在她家的蘑菇干中掺入了晒干的癫伞。

“这里还有，这里还有！”接着，小光又陆续找出了好几朵癞伞。

“快把这些毒蘑菇装在一个袋子里，我要带走。”

大河和小光将毒蘑菇装到袋子里递给言本，言本拿着袋子快速往村长家跑去。大河和小光紧紧地跟在他后面。

“村长，村长!”

“在呢，在呢！公安同志，什么事啊这么着急？尸检报告出来了?”村长拉着一头水牛，正从他家的牛棚往外走。

“你快把牛拴上，有个重要的急事，要赶紧办!”

“什么事这么急啊？我这个牛都饿了一夜了，我要带它上山吃草去。”

“你别啰唆了，赶紧配合！要是耽误了会影响破案的。”

看到言本说得异常严肃焦急，村长这才把牛拉回了牛棚，拴到了木桩上。

“你好好看看，认不认识这个毒蘑菇?”言本从袋子里掏出一朵癞伞递给村长。

“这个像是癞伞吧？这个蘑菇可有大毒，你是从哪里拿来的?”

“那就没错，你马上跟着我挨家挨户地搜，看看谁家还有这样的蘑菇。”

“到底怎么回事啊？难道玉娇是吃了毒蘑菇才……”

“你别问了，没有时间了。大河，你和村长一拨，我和小光一拨，分头行动。谁要是敢拦着，你就说是公安的指示，不让搜的都是心里有鬼的。但是一定要记住，不可声张，最好不要让村民们事先知道我们在找什么!”

“为什么不能声张?”小光不解地问道。

“万一走漏了风声，凶手可能会转移物证。说了你也不懂，你就听言本叔叔的，他让你干什么你就干什么。”大河解释道。

小光依然一脸茫然。

“可是公安同志，去人家家里搜查，我可没有这个权力。再说了，要是搜出了金银财宝什么的，算谁的？”村长有些不情愿。

“这个时候你还开玩笑？本来我想调动所里的同事过来帮忙搜的，可是从镇上到咱们这里没有公路，徒步至少一个半小时。怕就怕一个半小时以后，物证已经被转移了。”言本说得急切。

“可是，言本叔叔，我从书里看到，警察搜查是需要出示搜查证的……”大河提示道。

“情况紧急，分秒必争，来不及申请搜查证了，只能事后补办了！”言本解释道。

“就你本事，还要什么搜查证！玉娇没了，咱村里还有一个女人识字吗？那纸上写什么，对她们来说都一样！看着都跟蚂蚁似的。你就是给她们发个奖状，说是搜查证，她们也信。”村长看着大河，一脸不屑。

“行了村长，别上纲上线了，赶紧行动吧！”

按照言本的指示，两拨人快马加鞭挨家挨户地搜了起来。

言本和小光这一拨没有受到什么阻碍，进行得十分顺利。一见是公安来搜查，村民们个个都乖乖配合。村长和大河这一拨却总是被挡在门外，有的女人甚至还撒起了泼，说家里藏着贵重的东西，万一搜的时候丢失了，怕村长和大河跳进黄河都洗不清。

“我们这个搜查是帮助你们排除嫌疑的，如果你们阻止，将会被怀疑和阿玉婶的死有关系。反正就算你们不让我们进门，一会公安也是要进门搜查的。咱们是街坊邻居，乡里乡亲的，都知根知底，也知道互相照应。可公安来搜，万一搜到一些与案件无关却又见不得人的东西，传出去了怕是不好听。”还是大河急中生智，寥寥数语，一针见血，让女人们乖乖地服软，接受搜查。

一个多小时后，全村十几户人家都搜查了一遍。

最后，言本在苏显方家搜到了一大袋子晒干的癫伞。

让言本诧异和懊恼的是，苏显方不但不在犯罪嫌疑人的名单里，甚至从来没有引起过他的注意。

2

接下来，言本分别传唤了苏显方和他的老婆张美兰。

“苏显方，你可知罪？”

“什，什么罪？我不知道啊！”

“你怎么可能不知道？我们在你家搜出了毒蘑菇！你藏毒蘑菇究竟出于什么居心？”

“什么？老天爷啊，冤枉啊！我根本就不知道我家有那个东西！”

“放在你家的东西，你怎么会不知道？就在你家碗柜底下。”

“公安同志，我对天发誓，我一点都不知道！难道，难道是我老婆？”

“你什么意思？”

“我是说，这些晒蘑菇之类的小事，都是我老婆美兰在打点，你可以问问她！”

“真有你的，这么快就把脏水泼到自己老婆身上了！”

“哪能啊！乡亲们都知道，我老婆太厉害了，我什么事都得听她的，我哪敢在家里藏毒蘑菇啊，万一把她给毒死了，她变成厉鬼还不把我给吃了！”

“行了行了，那你认识这个蘑菇吗？”

“认识啊，这不就是我们这里的头号恶魔，癫伞嘛！”苏显方定睛看了看言本举在他眼前的蘑菇干。

“那你平时有见过你老婆或者别的人采过这种蘑菇或者晒过这种蘑菇吗？”

“没有，从来没有。如果有，那肯定要提醒他扔掉的。这都不提醒，不相当于见死不救吗？”

“既然你没有见人晒过这种蘑菇，那你为什么觉得你老婆可能知情？”

“我的青天大老爷呀，我真不是那意思，我就是顺口一说。我们家不管出了什么事，我想到的都是我老婆，她是我们家的天。”

“那你究竟什么意思？”

“我的意思是，女人们干的事千奇百怪的，我们男人看不懂，说不定，这个蘑菇干是别人送给她的呢！”

“谁没事送人毒蘑菇啊，还想不想让人好了？你最近有没有觉得你老婆行为异常？”

“行为异常？那肯定的，自从我见到她第一眼开始，我就觉得她不正常！”

“行了，你出去吧，把你老婆叫过来！”苏显方满嘴冒泡，语无伦次，言本只好停止对他的讯问，转而传讯他的老婆张美兰。

“张美兰，我们在你家搜出了毒蘑菇，你怎么解释？”

“陷害，这绝对是陷害！哪个杀千刀的，敢对老娘下手，活得不耐烦了！”张美兰疾言厉色，暴跳如雷，每蹦出一个字，身上的肥肉就跟着抖一抖。

“为什么别人家没有，偏偏在你家搜出毒蘑菇？”

“我是有孩子的人，在家里藏这个干什么？万一不小心吃了，那可是要人命的啊！我虽然是个农村妇女，大字不识一个，但这点道理我还是明白的。不对，你们为什么要搜毒蘑菇？难道玉娇的死和毒蘑菇有关？如果我是凶手，玉娇死了，我已经得逞，干吗还要把毒蘑菇藏家里，等你们来找？早把它扔掉了。我张美兰虽算不上绝顶聪明，也绝不至于这么笨吧！除非，除非……”

“除非什么？”

“除非，我家那个没出息的被凶手利用了！”

“怎么说？”

“我家那个没良心的，好吃懒做，还好色，说不定那袋蘑菇是哪个女人送给他的。他喜欢贪小便宜，就算别人给把泥土，他都要捧回家，跟捡到宝似的。别人往他的茅坑里撒泡尿，他都觉得赚大了……”张美兰手舞足蹈，滔滔不绝。

“张美兰同志，请你不要跑题，既然你认为你们可能是被陷害的，那你觉得谁可能陷害你们？”

“这个，就太多了！前年，我家的牛踩了菊红家的母鸡，还没赔钱呢；去年，我家那个没出息的偷了宝珠家的田水；今年，我儿子捡了块石头，把大河的头上扔出个大包。哎呀！太多了，太多了！数都数不过来，太危险了，太危险了！”

“行了行了，就因为这些鸡毛蒜皮的小事，人家值当陷害你吗？”

“公安同志，那是你一家不知一家苦，在我们这个穷山沟里啊，一只母鸡就是天大的事，田水啊就是命根子。这一年到头，因为抢田水干架的不知道有多少，那干起架来，打得头破血流的大有人在。你以为的小事，在我们这里可全是大事！”张美兰绘声绘色，东拉西扯，可言本却越听越觉得有道理。

“你再想想，有没有什么更大的事情，比如可能引起仇恨的。”

“这些事情不都可以引起仇恨吗？一架恨三年，有的还一辈子不说话、不来往了。”

“我是说，有没有关系到伤残、人命之类的？”

“哦，那个倒是没有。公安同志，你看我这么敞亮一人，能干出伤天害理的事情吗？”

“那倒是，那倒是！”

“不过，我家那个没良心的就不一定了。”张美兰一个巨大的转折，让言本啼笑皆非。

“行了，你们先回去吧，在定案之前，请你和苏显方不要出村，否则会被视为逃跑。”

“逃跑？我们什么都没干，跑什么啊？我才不跑呢！”

“那就行了，别说我没有警告你们。”

对苏显方和张美兰的讯问，让言本倍感失望。直觉告诉他，这一家人是凶手的可能性不大。从他们的话中，言本也没有捕捉到任何对案件有价值的信息，但隐隐约约中，他又觉得自己离真相越来越近了。只要能够确定苏显方一家是被栽赃陷害的，那把毒蘑菇藏入他们家中的黑手，就成了破案的关键。如果尸检报告确认付玉娇确实因毒蘑菇而死，那么这个黑手十有八九就是杀人凶手或者帮凶。

当务之急，是要揪出这个栽赃陷害的黑手。与此同时，言本叫来同事小陈暗中观察苏显方和张美兰两个人的动向，直到他们被完全排除嫌疑。

第十三章　顺理成章　凶手渐现

1

张美兰前脚刚走，镇所的小李后脚就送来了详细的尸检报告。

拿到报告那一刻，言本心跳加速，双手颤抖，像是见到了望眼欲穿、日思夜想的朋友。他一字不落读得真切，生怕漏了什么重要的内容，连标点符号都不敢落下。

读完，他面露喜色，和他预估的一点儿不差，报告显示，付玉娇的胃液中含有大量的毒蘑菇毒素。各种检查都没有测出其他可能致死物质。

“太好了，这么看来，应该就是毒蘑菇致死。谢谢你，小李。”

“八九不离十，可是有一个疑点，县刑侦大队的人也没弄明白。”

“什么疑点？”

“死者胃液里虽然只有毒蘑菇毒素，可根据以往案例，毒蘑菇一般不会在一两个小时内迅速致人死亡。”

“那是怎么回事？”

“有两种可能。第一，付玉娇并不是在案发当天吃的毒蘑菇，而是在若干天前吃下的，蘑菇毒素具有潜伏期，只是在案发当天才开始发作而已。第二，付玉娇吃下的毒蘑菇比较特殊，其中含有更快致命的毒素。只是，目前的刑侦手段和设备检测不出来。”

“第一种假设不成立。因为付玉娇死前还和邱菊红大动干戈吵了一架，如果她之前已经吃下毒蘑菇，那时候应该已经有反应了，不可能还那么清醒。清醒状态和死亡状态的时间间隔太短，不合理。”

“那么，就只有第二种可能了。”

小李刚走，言本就急匆匆来到村长家。

“村长，你坐下，快坐下。”

“言本同志，你慌里慌张的，到底又怎么啦？”

“我记得上次你说过，吃了癞伞会死人。”

“对啊，这个，村里人人都知道。”

“那你们怎么会如此确定呢？有什么根据？”

“老祖宗传下来的经验，还非得有什么根据？你们这些搞科学的，真是烦人！”

“老祖宗的经验，不也是根据一些事实情况得来的吗？是不是之前，村里有人吃癞伞出事了？”

“本村人倒没有，是镇上的人。”

“哦？镇上的？你说得具体一点。”

“听老一辈的说，60 年代大家没有东西吃，镇上的人经常到山上找吃的，有几个人来我们村的山上，采了癞伞，拿回去煮了吃，结果都死了。”

“那你知道，吃了癫伞以后，多久会死吗？”

“据说刚吃下，一会工夫就断气了！”

“那为什么咱们村的乡亲们不告诉他们这个蘑菇不能吃呢？”

“你懂什么啊？那时候，抢吃的就跟抢命一样，他们都是偷偷来采，不会让我们知道的。就算我们看见了，劝他们扔掉，他们也不会听的，说不定还以为我们故意骗他们，害怕他们再来采呢。”

“也是，村长，你快点给我找只猫来。”

“你干什么？”

“我要做个实验，看看猫吃癫伞，会不会死，多久会死。”

“那可不行，这是害命！猫也有命，你这样会折寿的。”

“折寿就折寿吧，管不了那么多了。”

“猫不行，谁家的猫愿意给你糟蹋？我给你抓个老鼠吧，反正老鼠不是什么好东西，成天偷米，还老往米缸里拉屎，讨厌死了。”

“你还能抓到老鼠呢？”

“这有什么难的，家里的角角落落，到处是老鼠。”

说完，村长走到厨房，拿上火钳，爬上楼梯，打开阁楼的小门。

不一会儿工夫，他提着一只又肥又壮的老鼠，走到言本跟前。

“这么快？这老鼠够大的，都快赶上小猫了。”言本瞪大了眼睛。

“不然，怎么都说，人过得还不如老鼠呢？看看人家，什么也不用干，还长这么胖。再看看我，多大的太阳都要下地干活，累得散了架，也就勉强混个温饱。”

“你这技术，可以成捕鼠专家了！”

“怎么都没有直接药死来得快，抓住以后，不还得药死吗？何必多此一举，难不成抓住以后还煮了吃？”

“你带着老鼠跟我去小学。”

小学厨房里，言本将极少量煮熟的癫伞干，放进一个破碗里，又将几颗花生米放入碗中。村长把碗放入关老鼠的笼子里。

大约过了10分钟，老鼠开始摇头晃脑，跌跌撞撞，又过了大约5分钟，老鼠两腿一蹬，停止了挣扎。村长打开笼子，揪着老鼠的尾巴，将老鼠提出笼子，对言本说：“死了！”

“死了！”看着村长手上已经呜呼的老鼠，言本的内心突然生出一种难以形容的复杂情绪。

是释然，也是虚无。

极少量癫伞干就能让一只老鼠十几分钟内断气，而根据尸检报告显示的付玉娇胃液里的毒蘑菇毒素含量，付玉娇吃下的癫伞干不在少数。至此，言本基本可以断定，癫伞就是杀死付玉娇的罪魁祸首。

那个在付玉娇家的蘑菇干中动手脚的人和在张美兰家藏匿毒蘑菇干的应该是同一个人。而能把毒蘑菇的袋子神不知鬼不觉地放到别人家中，又没有引起别人注意，要么是个“隐形人”，要么是一个大家常见又熟悉的人。

这个人究竟是谁？

由于担心显树要求提早下葬，言本再三叮嘱送报告的同事小陈和村长，不要把已经拿到尸检报告的消息透漏出去。

接下来的一天一夜，小陈聚精会神地监视着苏显方和张美兰的动向，没有发现任何异常。苏显方一家只是忙些日常事情，并没有什么可疑的举动，小陈也没有发现任何可疑之人进出他们家中。

言本于是把注意力从张美兰家转移到村里其他人。他躺在小学的床上，把自己见过的人、听到的话、得到的消息在脑子里过了一遍又一遍，想要看看自己是否漏掉了什么关键的信息或者重要的人。

他总觉得凶手是一个“隐形人”的可能性不大，毕竟在这个小山村里，人与人之间非常熟络。一个陌生人，想要藏匿在村庄里面，很容易被人发现。村民们常年在田间山上劳作，分散在山野各处，一个陌生人想要藏匿于山野间而不被发现，也不是件容易事，那么这个人一定是让人熟悉到不会特别去注意的人。想着想着，他突然想起了大河曾经说过，村里有个瘸腿爷爷。

这个爷爷名叫苏达荣。言本还记得，之前他与苏达荣有过两次照面。一次是他和法医刚到付玉娇房间的时候，看见苏达荣跪在地上；另一次是苏显树签尸检申请书的时候，苏达荣出现过。当时言本还纳闷，究竟是什么让一个看起来衣衫褴褛、四目无神的邋遢角色，仅凭只言片语就打消了苏显树的顾虑，促使他在尸检同意书上快速签字的。

言本突然觉得这个深深隐藏在人群中的残障人士，符合凶手所有的特质。

因为残障，没有劳动能力，便不用上山砍柴，也不用下地种菜，更不用放牛、喂猪，每天游手好闲，可以在各家各户随意穿行。

他有大量的时间去琢磨策划，也有大量的时间和机会去执行自己的想法。人们对于他的存在状态早已司空见惯，就算他在一个不正常的时间点出现，也不会引起人们多大的怀疑。而且从苏达荣对苏显树的影响来看，他在村民当中是有威严的，受敬重的。

越是偏僻落后的地方，人们越崇拜知识分子。苏达荣的威望一旦建立，人们就会以为他是完美的，是不可能干坏事的。

言本本来打算直接传讯苏达荣，直奔主题地质询他，可一细想，还是打消了念头，生怕打草惊蛇，他先找来了大河了解情况。

2

“达荣爷爷是个好人，他从来不惹是生非。”

“哦，为什么这么说？”

“你别看他衣衫褴褛、蓬头垢面的，在我们村，他可是个能人，不但有文化，还德高望重。”

“是吗？怎么德高望重了？说来听听。”

“不夸张地说，他是村民们的心灵导师，村里有什么说不开的事情，做不了的决定，解决不了的争端，都靠达荣爷爷出面解决，他一张嘴，把症结一分析、道理一摆，是非对错慢慢就清楚了，问题也就迎刃而解了。”

“这么厉害啊，听起来跟个圣人似的。”

“可不是嘛，尽管很多时候他说的话乡亲们不一定听得懂，可人们信他，这就够了。”

“他到底有什么特异功能，能让乡亲们这么服帖?”

“不是什么特异功能啦，就是从小比别人聪明，书读得比别人多。他是我们村第一个大学生，思想也比较前卫，他说的话就像天书，虽晦涩难懂，可乡亲们崇拜他，听他说话都觉得是种独特的享受。”

“那是挺厉害的，以他的身体情况，考上大学属于身残志不残。”

“达荣爷爷原来不是这样的，听老人们说，他小时候绝顶聪明，长得也是一表人才。”

“这么说，他这个残疾不是先天的?”

“不是天生的，听说是他大学毕业后才这样的。”

“究竟发生了什么?”

“具体我也不大清楚，说是被人打成这样的。”

“究竟是做了什么不好的事情，能被打成残疾?”

“要问老一辈的人才知道。不行，我回去问问我妈吧?”

“不用了，我自己找个人问问就行。这件事不要告诉任何人。”言本再三叮嘱大河不要走漏风声。

3

“问我自己吧!”他们正聊着，随着楼梯上一阵不规则的声响，苏达荣出现在他们面前，“问谁都不如问当事人自己。”

“达荣爷爷，您怎么来了!”大河一脸惊诧。

“我不来，他就该来找我了，反正都是要见面的，不如不请自来。”苏达荣说得从容淡定。

“苏达荣同志，你来得正是时候啊，省得我跑一趟去找你了。”苏达荣的突然出现，着实让言本吓了一跳，他不请自来，还落落大方，确实非常人可为。刑事案件中，能不请自来的嫌疑人，要么是真的清白，要么就是个胸有成竹的、善于掩饰的高手，或者是个自作聪明不可一世的狂人。言本倒要看看，这个苏达荣究竟属于哪一类。

“既然来了，就请坐吧。我有几个问题要问你，希望你如实回答。大河，请你回避一下。”

大河识相地走下楼梯。

“公安问的话，自然要如实回答。”苏达荣抬着头，目光平视言本。

言本打量着苏达荣，只觉此时的苏达荣和上一次见到的时候大不一样了。他眼神锐利而刚毅，表情从容，嘴角上扬，像是在微笑，又像是在鄙夷。他左腿的裤脚一直延伸到和右腿的裤脚一样的位置，像是在刻意地掩饰已经缺失的左小腿。

“多谢配合。我想你应该也听说了，我们从苏显方家里搜出了毒蘑菇癫伞干，与致付玉娇死亡的毒物是同一种。所以我怀疑，是凶手将毒蘑菇掺入付玉娇家的蘑菇干中，害死了付玉娇，又将蘑菇干藏到苏显方的家中栽赃陷害，混淆视听。”

“你怀疑这个凶手是我?”还没等言本把话说完，苏达荣就迫不及待地反问道，语气里没有半点胆怯。

“我可没有这么说，办案讲的是证据，不能依靠胡乱猜测。”

“那不就得了，你如果怀疑是我干的，要拿出证据，而且要可靠的、没有漏洞的证据。”苏达荣字字珠玑，声音铿锵有力。

“证据当然要有，口供也是非常重要的，口供是推理判断的重要线索，很多时候，在口供的指引下，证据才能被不断地发现。”

“既然你需要根据我的口供去寻找证据，也就是说，你还没有确凿的证据证明我是凶手了？公安同志，我来这里不是要听你普及法律知识的，虽然我读的不是法律专业，但我对法律绝不是一窍不通。所以对于你话中的漏洞，我一听便知。你的歪招是套不出我的话的。如果你想让我对你言听计从，恐怕还要多加修炼，因为你的道行还不够深。”

“你，你这个人，怎么冥顽不灵啊！”苏达荣的桀骜不驯和自命清高，实在让言本着急。

他这才意识到，苏达荣有多么难对付。最让言本抓狂的是，苏达荣听起来有些胡搅蛮缠的话里总是透着某种真理，让他无懈可击。

“你看你，这么容易就被激怒了，我说的话哪一句没有道理？就因为你是公安，就可以毫无根据、毫无限制地怀疑我，猜测我，评断我吗？我就不能挑战你吗？就非得乖乖点头哈腰？”

“如果真是毫无根据，我又怎么可能找你问话。”

“公安同志，是我找你的，不是你找我，看来你记性不太好。”

“既然是你自己送上门来的，那就是你自作自受，自投罗网，不应该怪我盘问你啊！”言本不知不觉，陷入了和苏达荣的语言游戏中。

“公安同志，你问题问完了吗？如果问完了，我就先走了！”苏达荣说完，放在腿上的手挪到了椅背上，准备站起来。

“等一下，我还有问题，请您再坐一会。”

“对了，用‘您’这个代词就对了！在真正地确定我是杀人凶手之前，我需要尊重，因为我也有尊严。”

“我也希望你不是凶手，可如果你是，那就是你践踏了自己的尊严，我恐怕无法给你尊严。”

“错，就算我是凶手，也有作为人的原始的尊严和价值。人之所以为人，是因为我们和动物有别。”

“杀人凶手有什么尊严和价值可言？不受社会道德和法律的约束，和动物又有什么区别？甚至连动物都不如！”

“凶手这个定义太广泛了，要看在什么场景，对什么人，有什么动机。在战争中，强者将弱者杀死，这个强者成了胜方，不但有了尊严，还可能成了王，成了统治者，说白了不过就是成王败寇的问题。”

“你不要跟我扯这种极端环境中的特例，那不具有法律的普适性！”

“就算是普通社会环境中的凶手，也可能是个优秀的母亲、贤惠的妻子，或者孝顺的女儿！也有其存在的意义和价值，也有其值得他人维护的尊严。”

“一个杀人凶手，恐怕很难扮演好社会环境中的任何角色，不然就不会去杀人了。杀人凶手给他人带来无穷无尽的伤害，让他人失去生命，让受害者家属承受了无穷无尽的痛苦。要说尊严，凶手可否想过给受害者及其家属尊严呢？听你这么说，我倒觉得，你越发像凶手了，这世间恐怕只有杀人犯才有脸大言不惭、不知羞耻地替自己辩解。殊不知，就因为他们卑鄙下流的动机，或者是无法自控的情绪导致别人家破人亡，妻离子散。所以说，杀人犯，总是有杀人犯的嘴脸。”

“你又错了，杀人犯本来也是人，之所以有了杀人犯的嘴脸，那也是社会环境所逼。”

“这个我可不敢苟同。大千世界，谁不是芸芸众生中的一个？谁的人生是完美无缺的？有的人可以依靠自身的努力完善自己，弥补缺憾，有的人却依靠伤害他人获得心灵的补偿，所以如果你觉得坏人一定是这个社会逼出来的，恐怕你的道行也实在不高。”

“那水泊梁山上，哪个不是好汉，哪个没有杀人，最后不都成了英雄吗？”

“因为他们没有见不得人的动机，出发点和立场是为民除害。可是苏达荣同志，杀死付玉娇的人又究竟是为谁除害呢？恰恰相反，那是蓄意制造伤害，不仅是对付玉娇本身，更是对她两个未成年的孩子。你可知道，这样的孩子如果不被妥善安置，不能得到更多的社会关怀，他们未来就有可能危害社会，成为造成社会动荡的诱因之一！”

“你刚才的话，恰恰证明了我的观点。如果玉娇的孩子长大了以后，成了社会的危害，那究竟是谁的错，是他们自己的选择吗？明明就是被生活所逼。”

“不是生活，是被杀人犯所逼，始作俑者最可恶。而杀死付玉娇的人就是始作俑者。”

“你又凭什么确定，杀死玉娇的始作俑者就是主动的，而不是被不幸的遭遇所逼的呢？”

苏达荣显然话里有话，像是在暗示言本，又像是在为自己开脱。言本实在觉得费解，苏达荣与自己的一番讨论表面上只是就事论事，可隐隐约约中，又像是在含沙射影。

“不讨论了，有一个关键的问题需要你如实回答。我想知道，你的腿为什么会变成这样？”

“这个和案件有关系吗？如果没有关系，我拒绝回答，因为这是我的个人隐私。”

“当然有关系。”

“有什么关系？几十年前发生的事情，和今天的凶案能有什么关系？我愿闻其详。”

“达荣同志绝顶聪明，不会不明白作案动机是破案的关键吧？虽然看起来是年代久远的事情，也有可能和作案动机息息相关。”言本说完这一句，心中窃喜，仿佛自己胜了几分。

“你说的这种情况，只存在于因为情感纠葛引发的血案中。”

“苏达荣，你就别胡搅蛮缠了！你是这个村的第一个大学生，却在毕业后被人打断了左腿，如果不是因为情感纠葛，又会因为什么呢？”言本以为直奔主题，戳中苏达荣的心理要害，苏达荣就会轻易上钩，不自觉将心中所想所感和盘托出。可让言本没有想到的是，他的激将法并没有奏效。苏达荣依然一脸平静，语气里充满了不屑。

“你小孩子家家的懂什么啊？你哪知道我究竟经历过什么。你是人民公安，在别人的伤口上撒盐，有些不厚道吧？你懂不懂什么叫悲悯之心？”

“我哪知道你究竟经历了什么，你自己不说，谁会知道？”

“跟你说也无妨，就怕你少不更事，听不懂，也理解不了。”

“那就说说看嘛！”

“说了，我能得到什么好处？”苏达荣一声冷笑。

“好处不好处的，就看你自己怎么想了。有的东西看起来是坏事，事实上却是好事。”

“公安同志，没想到你也这么无聊，喜欢玩文字游戏。”

“不是我无聊，是你无聊。”

“哦？我怎么无聊了？”

“都已经过了几十年的事情了，你还不好意思开口说出来，可见你的内心多脆弱，自我修复能力有多差。一个人的心若没有了自我修复能力，恐怕生不如死吧？”

“胡说八道！如果我的心没有修复能力，你此刻还能见得到我，还能肆无忌惮地调侃我？唉，看你问得累，跟你说也无妨。我和她青梅竹马，两小无猜。我上大学的时候，她嫁作他人妇；大学毕业以后，我再回来找她时，她已经为人母。”苏达荣说到这里，停了一会儿，转过头去看了看窗外，深吸了一口气，接着说，“我把她叫到山上，想和她说说话，叙叙旧。没想到她丈夫突然出现，对我拳打脚踢。我出于无奈，只能和他对打，可我哪是他的对手啊！两下子，就被他打趴在地了，他趁机捡起一根松树枝，用力打到我的左腿上，我就成这样了。”

苏达荣两手一摊，又是一声冷笑。

听到这里，言本突然有些心酸，他不禁对苏达荣产生了几分怜悯和恻隐之心。可是下一秒，他又告诫自己，这个苏达荣实在狡猾，说不定只是逢场作戏，万万不可轻信。

“那后来，打你的那个人怎么处理的？”

“没有被处理！”

“为什么？怎么不报案？”

“报案做什么？他是我最心爱的女人的丈夫，要是被抓了，她怎么办？我一个残疾人，能照顾好她吗？再说了，事情因我而起，我也算罪有应得。那时候，两个人都年轻气盛，是我体力不如他，甘拜下风而已。与其说是他刻意伤害，不如说是我愿赌服输，还不如息事宁人，还他们一个周全。”

“听起来，你还真是伟大。”

“不是伟大，是识时务。虽然村里人都说，我是因为理亏，活该被打，所以不敢报案。可是我觉得，做人嘛，问心无愧就好，对得起自己的良心，还怕别人笑话吗？”苏达荣一脸毋庸置疑的真诚，说得言本竟有些动容了。

“我说完了，我走了！”苏达荣又一次想要站起来。

“等一下，我能知道你说的这个女人是谁吗？”

“不能。她已经过世多年了，出于对她的尊重，我不能告诉你！”

“就算你不说，我也能轻易打听到。”

“你从别人那里打听到，是你的本事；如果是我说出来的，就是我的疏忽。”说完苏达荣努力站了起来，朝楼梯走去。

言本正唏嘘慨叹，突然听见楼梯处一阵剧烈的响动。他急忙跑了过去，看到苏达荣正躺在一楼的楼梯入口处，满脸是血。

苏达荣摔了！

言本赶紧叫人用担架将他抬到了镇上的医院。

医生经过一番检查，对言本说：“病人全身多处骨裂，虽然没有生命危险，但是全身瘫痪的可能性很大。”

“不会吧，瘸了几十年，最后还落下个全身残疾。唉！都是我的错，是我的疏忽，我应该扶他下楼的。”言本十分懊丧。

“你也别自责了，就是好好的人摔成残疾的也大有人在，何况他本身腿脚不便，现在就希望在治疗过程中能出现奇迹。对了，他有什么亲人吗？谁来医院照顾他？”

“这是个大问题。双亲都已经去世了，他没有娶亲，也没有孩子，孤苦伶仃的，再加上他现在属于犯罪嫌疑人，不能安排村里人来照顾他，以防串供。”

“明白了，那就交给我们医院吧！我们一定尽最大努力治疗他。”医生的话给了言本些许宽慰，可他还是无法停止自责。他总觉得，是他的考虑不周，才导致苏达荣又一次遭遇不幸。

从那以后，在言本脑海中，苏达荣满脸的桀骜不驯、不可一世，被孤苦伶仃、可怜巴巴的惨状所替代。他放弃了对他的直接追问，转而向村里其他人打听。

第十四章　遗体下葬　亲人再见

1

“村长，苏达荣的情况你了解吗?”

“达荣叔啊? 可以说了解，也可以说不了解。”

“这话怎么说?”

“基本情况就是，他是我们村第一个大学生，是全村人的骄傲。人呢也不是一般人，绝顶聪明，四岁就会算术、识字。”

“这些我都知道，早就听说了，我就是想问问当年他被打断腿的事。”

“我也不是十分了解，就是听父辈们说起过。达荣叔和素秋姑年纪相仿，从小一起长大、一起读书、一起跑山，后来俩人好上了，偷偷摸摸地谈恋爱。”

“为什么偷偷摸摸啊?”

“因为全村人都是近亲，说白了大家都是一家人。本村人不能通婚。”

“原来是这样啊!”

“可不是嘛，都是一个老太爷爷，就怕近亲结婚生出傻孩子。所以，很小的时候，当爸妈的就会告诫自己的男孩子，村里的女孩子不能碰，碰了会被诅咒。但是呢，大家在一起长大，一起上学、采蘑菇、抓泥鳅、捞鱼、爬树，挡不住谁就喜欢上谁了。就像达荣叔和素秋姑那样。达荣叔读书好，考上了大学，成了村里的骄傲。素秋姑成绩不好，家里又穷，读到小学毕业就没再读了。”

“后来呢，怎么发展的?”

“具体的细节我也不大清楚，人家怎么谈情说爱的，别人怎么会知道。言本同志，没想到你的好奇心也这么强，凶手还没有找到，你怎么开始操心起达荣叔当年的爱情了?”

“好奇，我就是好奇而已。不过呢，办案也是很枯燥的，如果能听些有意思的闲话，也是一种调剂，在一种轻松的氛围里，说不定灵感爆发，会加快破案的进程。”听出村长有揶揄自己不务正业的意思，言本连忙解释道。

“说得有理，你们公安不是跟死人在一起，就是跟坏人在一起，真挺不容易的。说起来，你们比我们庄稼人还累呢！我们一天到晚，就想着怎么吃饱，可你们呢，总要操心些跟你们本来没有什么关系的人命关天的大事，忙起来连饭都吃不上。”

“多谢村长理解啊！破案就是粮食，找到凶手就吃饱了，就高兴了。言归正传，你再跟我说说他们俩的事。”

“后来听说素秋姑在达荣叔上大学期间，突然嫁人了。达荣叔毕业后回村的时候，知道素秋姑嫁了人，就把她叫到山上，像是要问清楚素秋姑为什么没有等他。”

“没想到被她老公发现了，苏达荣就被打成了残废?”

“差不多就是这样，他俩把事情包得可严实了，要不是达荣叔被打了，都没人知道他俩好过。”

“可是素秋也是本村人啊！她怎么可以嫁给本村的男子？”

“不是嫁，是招上门女婿。素秋姑家三个闺女，没有男孩。三姐妹中就属素秋姑条件好，长得水灵，还上到了小学毕业，她爸就把她留了下来，从别村找了个女婿入赘。”

“哦，这样啊！”

“可不是嘛！村里就这么几口人，一个筐子都装不满，可什么人都有，什么乱七八糟的事情都发生过。唉，你说我这个当村长的容易吗？”

“那素秋现在呢？”

“素秋姑十几年前，得癌症去世了。”

“那素秋家，还有谁在村子里？”

“丽云，丽云是素秋姑的女儿。”

“原来如此，那么就是丽云的父亲打断了苏达荣的腿？那丽云会不会是……”

“会不会是达荣叔的女儿？”

“就是这个意思。”

“这就不清楚了，面上的事好打听，可里子的事，谁又知道呢？不过丽云和达荣叔长得一点都不像。再说了，估计达荣叔和素秋姑之间也最多牵牵手、亲亲嘴，应该还没有发展到……。知道是近亲，心里应该有道防线。”

“这可很难说，差辈的都不一定有防线。”

“差辈的男女又不会生出傻孩子！天哪，言本同志，你不会是在笑话我吧？你这可是诽谤，我可以告你的，不能因为你是公安就胡乱猜测，你说我不要紧，可不能毁了菊红的清白。

再说了，菊红是外村嫁进来的，虽说管我叫叔……”

“行了行了，别解释了，心虚的时候，只会越描越黑！你们这档子事啊，我没兴趣管，想管也管不过来。”

“这种事情，谁管谁笨蛋。就算瞪大眼睛，夜夜不睡觉，该发生的事也会发生的，挡都挡不住！”

“不聊这个了，话说回来，你还知道被诽谤了可以告我呢？有进步啊，不是法盲了！”言本说着，忍不住笑了起来。

“没吃过猪肉，还没见过猪跑吗？公安同志笑起来就是好看！”村长也笑了起来。

“真的假的？”

“当然是真的。你们成天绷着个脸，跟个黄土堆似的，你说如果黄土堆突然笑了，那还有难看的吗？”

“言归正传，你再想想苏达荣被打这个事件，有什么漏掉的细节吗？”

“想起来了。有的说是素秋的老公打的，也有的说是素秋的父亲，苏道山下的手。不过，我当时也不在现场，不知道哪种说法更可靠。”

“苏道山为什么要动手打苏达荣？”

“兴许是想一棍子把达荣叔的心给打死，没想到用力太狠，把人打残了。”

“也有可能，男人之间一旦动起手来，力度不好把控。你知不知道，当时除了当事人以外，还有没有其他人在场？”

“不知道。据说事情发生在白石窟，离我们村好几里地呢，谁那么凑巧，正好赶上看戏。不过村里倒是有户人家在白石窟分到了水田，说不准当时正好有乡亲在那里干活呢！”

“那你知道是哪户人家吗？”

“当然知道，我可是村长！”

“你现在就带我去这户人家打听一下，看他们当时有没有正好在场的。然后你带我去趟丽云家，我去会会丽云的父亲。”

“丽云的父亲已经不在了。两年前，在福建的工地，丽云的父亲和她外公都被炸药……。”村长停顿了一下，深吸了一口气。

“什么？被炸了？”

“可不是嘛，那一次事故，我们村就丢了三条命！”

“你是说素秋的老公和父亲都已经不在人世了？”

“是啊，光是最近10年间，我们村已经有6个青壮年死在采石场了。菊红的老公，就是其中之一。”

“什么？菊红原来是个……。”

“对，是个寡妇。”

言本和村长不约而同地停下了脚步，陷入了许久的沉默。言本想说些安慰的话，却如鲠在喉，怎么都说不出口。他不敢直视村长的眼睛，像是害怕看到他眼中浓重的哀伤。

而村长呢，拳头紧握，堵在胸口，眼睛里充满了泪水。他不断地吞咽口水，生怕眼泪掉出眼眶，像是不愿意让言本看出自己的脆弱和哀伤。

第一次，言本意外地感受到，在村长的谄媚和嬉皮笑脸后面，是一颗沉重而严肃的心。

那时，言本才看懂了村长的强颜欢笑，也看懂了菊红的低眉羞怯。

不知过了多长时间，言本终于打破了沉默。

“苏达荣被打了以后，就一直留在村里？没有出去找工作什么的?”

“被打成那样，能找到什么工作啊，就算是有满肚子墨水也没用。达荣叔留在村里虽然委屈了自己，倒是服务了乡亲们。村里什么舞文弄墨的事情，全靠他一个人，后来，他还在我们小学当了二十多年的老师，很用心地教孩子，就希望能教出几个大学生。”

“哦，这样啊，那为什么后来不当老师了?”

“我也纳闷，到现在也想不明白。大约 3 年前的一天，他突然来找我，说不想教书了，让我想办法找别的老师来代课。我问他为什么，他说乡亲们根本不重视孩子的学习，一到农忙的时候，孩子们几乎都不来上课，都跑去帮忙干农活了，看着教室里空空的，他心里难受。我一再央求他继续教书，还承诺他挨家挨户地做乡亲们的工作，让大家别让孩子下地干活，都去上学。可达荣叔像是铁了心，我怎么劝都没有用，只好顺了他的意。后来，我到处找老师，尽最大的努力安排他们的吃住。可是这些老师不好伺候，个个都待不过一年就走了，不是嫌咱们村穷，就是嫌咱们的娃笨，没一个赶得上达荣叔的。他们啊，连达荣叔的脚指头都不如。”

“为什么这么说?”

“那些找来的老师啊，有文化，也有想法，可哪有达荣叔用心啊！在达荣叔眼中，每一个孩子都是他自己的孩子，教书用的是良心，可对于那些外来老师来说，教书就是个任务。”

村长对苏达荣的各种崇拜，并没有让言本产生什么共鸣，他只是安静地听着，不做任何反驳。谁也没规定，村长眼中的苏达荣非得和他自己眼中的一模一样。

“苏达荣后来也没有再娶？他和素秋就这么分开了？没有

再找她?”

“没有再娶，倒是有愿意嫁给他的，可他呢，死活不愿意。至于他和素秋姑之间有没有再联系，就不知道了。腿被打成这样，又丢了工作，受的打击太大，应该再也无胆也无心去找素秋姑了。”

2

聊着聊着，他们走到了苏显方家。

“村长来了啊!”

“这是公安同志，来打听点事情!”村长向显方介绍言本。

“我认识，今天早些时候刚见过。公安同志，又要打听什么事情?”显方的脸上挂着小心的微笑。

“苏显方，当年苏达荣在白石窟被打的时候，你有没有刚好在白石窟干活？有没有看见什么或者听见什么?”

“公安同志，您问这个是……”

“公安同志问你什么，你就回答，你反过来问他算是怎么回事？公安办案，还能把因由都跟你讲清楚?”村长有些不耐烦。

“我不是这意思，都过去几十年了，谁还能记得住啊!”显方连忙解释道。

“我既然来打听这个事情，就一定有我的道理，请你不要撒谎，不要包庇！实话实说，免得耽误破案。”

“破案？和玉娇的死有关系？公安同志，这八竿子打不着的事情，怎么会?”

“到底你是公安，还是言本同志是公安？你的问题怎么那么多呢？人家问的是达荣叔当年被打的时候，你有没有在白石窟干活，有没有亲眼看到？”村长又是一顿数落。

“我就是纳闷嘛！我，什么也没，没看见，没，没听见！”显方吞吞吐吐，满脸通红。

“苏显方同志，我们有确凿的证据可以证明，事发当时，你刚好在白石窟！”言本看出了端倪。

“我，我……”显方冷汗直冒。

“显方，你快说啊，你是要急死我们啊！坦白从宽知道吗？”村长催促道。

“还不说啊？就你这点出息！真要把实话带到棺材里？”显方的老婆美兰突然从房间里跑了出来，抬起她的大粗腿，一脚踢在显方的小腿肚子上。

“哎哟，疼死我了，我说，我说，天塌下来我也说！”美兰那一脚来得实在及时，显方瞬间变得精神抖擞，声音洪亮。

“那天，我正在白石窟打虫，突然听见田埂上面的树林里有声音，我悄悄爬上去，看见达荣叔和素秋姑光着身子躺在一块布垫子上。我觉得羞臊，正要掉头走开，就看见道山爷爷手里拿着把铁锹，闯进了小树林，嘴里还不停地骂着‘畜生，畜生’。达荣叔听见了声音，连忙爬了起来，慌忙穿上衣服，就跑开了。可山路陡，道山爷爷又追得急，他还没跑两步就摔了个跟头，道山爷爷趁机一铁锹打在达荣叔的小腿上，达荣叔‘嗷嗷’地叫着，想要起来，却怎么都站不起来。我从暗处走出来，想要过去将达荣叔扶起来，谁知道山爷爷举着铁锹挡在我面前，不让我靠近，还威胁我说，如果我敢靠近达荣叔，就一铁锹把我打死。还说，如果我敢救他，就把我当年干的见不得人的事抖出去。我一听，心里着实有些害怕，就走开了。”

“还羞臊？鬼才知道你偷偷看了多久，指不定啊还一边看，一边流口水呢！就你这点出息！”美兰斜着眼看着显方，满脸鄙视。她高亢的声音，夸张的语调，让人忍俊不禁。

“美兰，你别打岔，你说你，话怎么那么多呢？你就不能让他把话说完吗！我和公安同志办的可是人命关天的大事，哪轮得到你一个妇道人家插嘴接话？”村长训话道，想让美兰乖乖地闭上嘴巴。

“你就这么走开了？就让苏达荣躺在山上自生自灭了？”言本问道。

“我知道我是个孬种，是个混蛋，可当时我真的害怕！再说了，我知道素秋姑一定会找人去救达荣叔的。”

“你到底害怕什么？究竟做了什么见不得人的事情，让你害怕到可以对自己身受重伤的乡亲不管不顾？你那是见死不救啊！如果你当时救了他，也许他的腿就不会残疾了！”

“我……我……”显方开始结结巴巴。

“你倒是说呀啊？就你这点能耐！你要是不说，我替你说，年纪一大把了，还怕这怕那，活该穷一辈子，瞧你那点出息！”美兰还是忍不住插了话。

显方这才又鼓足了勇气往下说：“我 10 岁的时候，调皮捣蛋放走了达荣叔家的老水牛，牛跑了，达荣叔的爸爸到山上找牛，牛没找回来，人，人摔死了！”

“显方，你可真够缺德啊！你可知道，我们当时找他找得多么辛苦吗？花了两天一夜，才把人从山谷底抬了回来，原来都是你造的孽啊！你这个没良心的，都是乡里乡亲的，你怎么能干出这么下作的事情呢？”村长怒目圆睁，气急败坏，一巴掌打到显方头上。

“我不是人，你打死我吧！我对不起达荣叔！”显方“扑通”一声，跪在村长面前，涕泪俱下。

“你别跪我，要跪，你跪达荣叔去！”

“你们俩先别吵了！村长，让苏显方把话说完。”言本眼看局势就要失控，一声大喊，“苏显方，你接着说。”

“我，我说完了啊，公安同志！”

“既然明明是素秋的父亲打了苏达荣，为什么苏达荣却跟我说是素秋的老公把他打残的？”

“这个，我真不知道……”

“恐怕不是不知道，而是没脸说吧？”

“你还撒谎呢，都说到这份上了，还藏着掖着？瞧你这点出息！”美兰又一巴掌打到显方右脸上。

“我说，我说，你别打我了！”显方手捧着热辣的脸，战战兢兢，“道山爷爷把他家门口的稻田让给了我，我就答应他了。”

“你答应他什么了？”言本问道。

“答应他不告诉别人，是他打的达荣叔。”

“行了，我明白了！村长，咱们走吧！”

“这就走了？言本同志，就这么饶了他？难道法律治不了他这种下三烂的玩意？”村长眉头紧皱，一脸愤怒。

“这就走了？”显方也不敢相信。

“不走怎么着，你还要留公安在家过夜啊？就你这黑心肠，人家敢在你家过夜吗，不怕你半夜里给他灌老鼠药啊？走吧走吧，我来治他，我就不信，我治不了你这狼心狗肺的东西！”美兰大手一挥，言本和村长走出了显方家的大门。

“言本同志，我不明白，他这样难道没罪吗？”村长追问道。

“怎么定罪？把牛放走和苏达荣父亲摔死这两件事情没有必然联系。苏达荣被打这件事情，苏显方虽然见死不救，还为了一己之私做了伪证，可是素秋的父亲已经去世了，现在计较这些还有什么意义。”

“那，就这么算了？”

“苏显方不是触犯了法律，而是沦丧了道德，所以有时候，你会觉得不遵德的人比不守法律的人更可恶，更可怕。法律是外在强加的，道德却是发自内心的，如果一个人没有了良知，就会失去人生的方向。表面上像是获得了利益，实际上却失去了安宁。我始终相信，人在做天在看，不是不报，是时候未到。冷暖自知吧！”

“说的也是，他没良心，老天爷才派了个凶恶的婆娘对付他，这辈子也够他受的。”

“我看那个张美兰，虽然脾气火爆，可还是有大仁大义的，原则性的问题上一定是站得住脚的，这就是平衡。如果他的老婆也和他一样无德，那他们一家在这个村怎么立足？岂不成了过街老鼠，人人喊打？”

“言本同志，您这么一说还真是这么回事，村里办点事，要出钱出力，美兰都爽快得很，有时候啊，还出得比别人家多呢！”

“那你还说人家凶恶？一物降一物，我倒是觉得张美兰是苏显方的大救星！”

“对对对，还是言本同志看问题深刻，高明！”

3

去苏显方家那一趟，让言本对苏达荣被打事件有了清晰的判断。当素秋的父亲苏道山看见素秋和苏达荣在山上肌肤相亲的时候，怒不可遏，一气之下，一铁锹打到苏达荣的左腿上。之所以不让苏显方出手救苏达荣，也是因为处于盛怒之中，无法自拔。苏道山看准了苏显方是个胆小怕事又贪图便宜的小人，才双管齐下，一边恐吓，一边收买，让整个局势完全在他的掌控之中。

苏道山算准了就算苏达荣报案，只要作为唯一目击者的苏显方支持他的口供，其他两个当事人，就算磨破了嘴皮子也说不清楚。天底下没有不心疼爸爸的女儿，为了不让他去坐牢，素秋最多保持中立，甚至有可能指责苏达荣撒谎。那样的话，整个事件中，苏达荣就成了孤家寡人，百口莫辩。

苏道山只要放话出去，说苏达荣是因捉奸在床才被素秋老公打断腿的，是罪有应得，乡亲们还能说什么呢？必要之时，苏显方再出面证实动手的是素秋的老公，苏达荣也就只能哑巴吃黄连，放弃报案了。这就是为什么，苏达荣说是素秋的老公打断了他的腿，甚至还美其名曰，是为了成全素秋的幸福而选择放弃报警的。

而最让言本好奇的是，素秋的老公，整个事件中背了黑锅，却默默无闻的隐形的关键人物，究竟经历了什么感受？可悲的是，素秋的老公也在采石场的事故中去世了，言本也只好暗自猜测，唏嘘慨叹了。

苏显方的供词一方面让言本对苏达荣的境遇产生了深刻的同情，同时也让言本更加相信，苏达荣就是那个在美兰家藏蘑菇的黑手。只要找到确凿的证据，他就可以有定论了。

4

对大人们的盘问已经反复进行，言本想换个角度，找孩子们来问一问。

言本先找来了小雪。

“你这几天干什么呢?”言本露着笑脸，语气放得很轻，生怕吓到小雪。

“没干什么。你叫我来做什么?”小雪呆呆地看着言本。

“我就是一个人待着无聊了，想找你聊聊天。”

“你不是要查案吗? 怎么会无聊。知道是谁杀死我妈妈了?”小雪语气平缓，表情却十分严肃，像是一个成年人在质询言本破案的进展。

“还没有最后确定，但是，你相信叔叔，很快就能找到凶手了!”

“很快是什么时候? 我爸爸说了，妈妈要快点下葬，不然身体就要腐烂了。”小雪说得轻描淡写、不痛不痒，就像是在说一件与己无关的事情。

“不会的，放心吧，叔叔自有办法。不要伤心，一切都会过去的。”

“我已经习惯了。”

“习惯什么了?”

“习惯妈妈不在的生活。不一样的是，以前妈妈不在的时候，我们会等着她回来，等的时候，心里会难受，时间也很长。现在，我不难受了，因为不用等了，等也没有用，她不可能会回来了。我会告诉自己，不用那么伤心了，伤心很浪费。”

“这样啊！”言本吃惊地看着小雪，不知道她是真的想明白了，还是在故作坚强。

“那你这几天都干什么呢?”

“跟平时差不多。”

“没跟小朋友出去玩吗?”

“没有。他们也不愿意和我玩，更不会到我家里来。”

“为什么?”

“说我身上有晦气，又说妈妈在家里阴魂不散。谁还敢来?”

“你别听他们瞎说，那都是迷信。是他们不懂事，你不要理睬那些话。”

“这个我也早已经习惯了。”

“哦? 什么习惯了?”

“他们说的话啊！妈妈以前老不在家，他们就说妈妈是个狐狸精，到处勾引男人。我听得耳朵都起茧了，听得太多了就无所谓了，跟没有听见一样。”

“对，小雪聪明，就当没有听见。”言本觉得词穷，不知道如何安慰面前这个无助孤苦却又好像深谙世事的小大人。

“不是聪明，是没办法!”

“哦！小雪要相信这个世界上还是好人多，你的那些小伙伴还不懂事，等他们长大了就会明白的。”

“那可不一定，大人里面不也有坏人吗? 如果每一个小孩长大了，都会变成好人，那这个世界上哪还有什么坏人啊，就只有坏小孩了。”

“说得也有道理，那小雪有没有觉得哪个大人是坏人啊?”

“坏人太多了，数不过来，我就记得好人。”

“哦？为什么觉得坏人多？”

“她们说话都很难听。虽然笑眯眯地说，可是话里的意思能戳痛你的心。”

“哦？她们是谁？”

“就是我的那些婶婶和姨妈们。”

“那好人是谁？”

“是达荣爷爷，他是好人。”

“为什么这么讲？”

“他经常给我送吃的。”

“是吗？他都给你吃什么了？”

“糖啊，苹果啊，可好吃了。”

“那他除了给你吃的，还做了什么？”那一刻，言本的脑子里突然浮现出特别不堪的画面，他急于向小雪求证。

“没做什么，就是给我好吃的。”

“他最近一次给你送吃的，是什么时候？”

“大前天。”

“给你什么吃的，在哪里给你的？”

“给我送麦芽糖，他说是他用凉鞋换的。在我家门前大场上。”

“达荣爷爷是不是喜欢摸你的头，动你的肩膀什么的？”言本还是不放心。

“他每次给过糖之后，都会拍拍我的头。”

“只有拍拍头而已，没有别的动作？他的糖就给你一个人吃？”

“嗯，就是拍拍头就走了，不是给我一个人吃，还有别家孩子，每个人都有。”

“给完糖以后呢？他去了哪里？”

“不知道，给完糖，他又叫我们玩老鹰抓小鸡的游戏，说要是老鹰抓到了小鸡就有奖励。可是他们都不愿意和我玩，达荣爷爷就说，让小雪参加，每个人可以再得到一颗糖。”

“那你们玩游戏的时候，他在边上吗？”

“不在，他说他口袋里的糖已经分完了，要回家再拿一些。”

“那他后来拿到糖回来了吗？”

“没有，我们一边玩游戏，一边等他的糖，可是等了好久，他都没有回来。”

“那你还记得玩了多长时间游戏吗？”

“多长时间我不知道，反正玩了 10 局老鹰抓小鸡。”

“都有哪些孩子参加了你们的游戏？”

“我想想啊，有阿富、小红、小丽……”

“那有没有张美兰家的孩子？”

“有啊，阿富就是美兰婶的儿子。”

“好的，叔叔明白了，谢谢小雪！以后有什么事情，可以来找叔叔，叔叔会帮你的。”

“找你干什么？你又没有好吃的。我要走了，爸爸说，这段时间最好不要乱跑，不要乱讲话。”

“你爸爸为什么这么说？”

“我也不知道，我哪知道你们大人的脑子里到底想些什么！要问，你直接问我爸爸。”

小雪说着，小心翼翼地走下了学校的楼梯。

言本站在二楼的窗台上，目送小雪：“小雪，慢点走，别摔了!”

“叔叔放心，我是摔不着的，你别摔了就行。叔叔，快点找到坏人。”小雪停下脚步，转过身，仰头严肃地看着言本。

“一定！小雪要记住，有时候，坏人会伪装成好人的。不是给你糖的就是好人!”

“放心吧，叔叔！我什么都知道!”小雪挥挥手，跑开了。

言本不知道她是否听懂了他最后这句话，也不清楚，她所谓的“什么都知道”究竟意味着什么，但是他明白，对于一个 6 岁的孩子来说，拒绝平日里难以吃到的糖果的诱惑，是多么困难的事情。狼披着白色的羊皮，捧着香甜的糖果，向孩子们亲切地笑着。孩子们垂涎欲滴，眼巴巴地盯着糖果，哪还有心情鉴别羊的真伪。

坏人有罪，糖果无罪。糖果和羊皮带来的欢愉很多时候会使他们对狼带来的痛苦感到麻痹。就因为迷恋那一点欢愉，他们会选择欺骗自己，选择沉迷。更有甚者，就算明明看到了狼的真面目，也没有勇气撕破狼的羊皮，而是甘愿继续把狼想象成一只温柔可爱的羊。等他们渐渐长大，看清真相，感到痛苦的时候，却为时已晚，无法补救了。想着想着，言本仿佛看见苏达荣披着羊皮，咧着嘴，给孩子们发糖的情景。羊皮后面是一双贪如饕餮、狞恶凶横的眼睛。

小雪走后，言本又对村里其他孩子进行询问，发现他们的口供与小雪的几乎没有出入。至此，言本已经基本可以断定，苏达荣就是那个把毒蘑菇藏到苏显方家的黑手。

7 月 10 号清早，为了不让孩子们注意到他的行踪，苏达荣用糖果引诱孩子们到场地上做游戏，在确保孩子们的注意力完全被糖果和游戏占据后，他趁着乡亲们早起劳作，不在村里，偷偷地溜进苏显方家，将蘑菇袋子藏入他家的碗柜底下，完成栽赃陷害。孩子们玩游戏的时间，足够他完成计划，可也正是因为时间仓促，他藏匿袋子的地方才不够隐蔽。

可让言本纳闷的是，苏达荣究竟是在什么地方，神不知鬼不觉地将癫伞晒成干的呢？

为了尽快找到答案，言本把苏达荣家搜了个遍，可惜并没有什么可疑的发现。就在他陷入焦灼的时候，大河激动地跑来："言本叔叔，你快跟我来！"

大河把言本带到一所破旧不堪的老房子前。

"就是这里。"

"这是谁的房子？"

"这是达荣爷爷家的祖屋。他父母去世以后，就再也没有人住了。"

"难怪锁着门呢！你带我来这里做什么？"

你从门缝朝里看，瞪大眼睛仔细看。"大河指着门上一条细长的裂缝。

"我看看！"言本把眼睛贴近门缝，看到里面胡乱地堆着许多杂物，"我什么也没看见啊！"

"你再看看那两个圆形簸箕里面是什么！"

"天哪，那不就是癫伞吗？原来凶手就是在这里晒的毒蘑菇！"

"没错，这座房子许久无人问津，正好成了凶手培养作案工具的摇篮。"

"太好了，你是怎么发现的？"

"我这几天也一直在找线索。刚刚路过这里的时候，闻到了一股蘑菇的香味，于是趴在门缝上看了看，没想到……”

“这样看来，事实已经很清楚了。”

“什么事实？”

“唉……”言本一声叹息，没有正面回答大河的问题。

5

苏达荣全身打着石膏，躺在医院的病床上。

言本拿着一个本子和一个录音机，走了进去，后面跟着一个女警察。

“苏达荣，我们已经找到了确凿的证据，证明你就是杀害付玉娇的凶手，也是你把毒蘑菇藏到张美兰家中，对他们进行陷害。你还有什么话说？”

“法网恢恢，疏而不漏。既然你都找到证据了，我说还是不说，有区别吗？”苏达荣的脸像极了大金山山脚的水库，只有微起的涟漪，没有汹涌的波动。那涟漪，像是按捺不住的压抑的挣扎，又像是他人生堆积起来的无法消除的苦楚。

“既然做都做了，为什么没胆说？”面对苏达荣生无可恋、随你处置的态度，言本只好又用激将法。

“没想到，你这么快就破案了，真有两下子！以前总听说你们公安脑子不好使，看来不是真的。想来，还是我命不好！”

“不是你命不好，是你实在不够高明！以为自己绝顶聪明，行凶之后可以逃脱制裁，可是没想到吧？”

“确实没想到，你们治我的罪吧！最好快点把我送上断头台！”

"难道你对死就没有任何畏惧吗?"

"生当作人杰，死亦为鬼雄！死有什么可怕的?"

"俗话说，好死不如赖活着。"

"俗话都是说给俗人听的，你觉得我是俗人吗?"

"你俗不俗我不知道，但是我知道你不善。"

"哼！心长在我身上，善还是不善，岂能容你决断?"

"每个人的心都长在各自的身上，谁也看不到别人的心。所以，说什么不重要，想什么也不重要，关键是看你做了什么。纵使你说得天花乱坠，想得天马行空，世人也只会根据你的行为对你进行评判。"

"如果想什么不重要，又何来作案动机一说？如果没有想，又怎么会有后来的做？如果不考虑作案动机，那所有杀人者的罪恶都是一样的，也包括你们警察。所以想什么很重要!"

"你说得有道理，一个人没有高尚的作案动机，杀人就是十恶不赦！就像你，稀里糊涂地把付玉娇给毒死了，连你自己都不知道为了什么，这么说来，你这个苏山头的第一位大学生，思想政治课肯定没有学好。"

"人的思想来自灵魂和智慧，怎么能依靠思想政治课呢?"

"那这么说来，你的灵魂和智慧也都是短路的!"言本费劲地和苏达荣在语言上进行周旋，无非就是想尽快引他说出作案动机，可苏达荣就是不上套。言本很是着急，绞尽脑汁要攻破苏达荣的心理堡垒，让他和盘托出。

"苏达荣，咱们别玩语言游戏了，没意思，言归正传吧！据调查，你通过给小孩子们糖果吃，对他们进行控制，让他们为你的栽赃行为打掩护，实在是下作。我们甚至怀疑你对孩子们有不正当的企图。”

“不正当的企图？你不会以为我……”苏达荣突然眉头紧锁，咬牙切齿，死死地盯着言本。他脸上的涟漪瞬间变成了汹涌的波涛。可是很快，他又像顿悟了似的，平复了情绪。他的脸像一张褶皱的白纸，瞬间又被拉平了：“人是我杀的，付玉娇是我杀的，可是对于孩子们，我是真心爱他们。”苏达荣字正腔圆，眼神里是不容亵渎的坚定。

“你终于承认你杀人了。你和付玉娇无冤无仇，为什么要杀了她？为什么要让她的孩子失去母亲？”

“什么母亲！那是母亲吗？她有半点当妈的样子吗？”苏达荣大声反问道。

“就算如此，也轮不到你。”

“我那是替显树打抱不平，为村民们除害！这样的女人就是个彻头彻尾的祸害！”

“你还真把你自己当成救世主了！”

“没有，我可没有那么高尚。我只是恨死那个张志标了！”

“我说你小肚鸡肠，你还不承认！张志标究竟哪里冒犯了你？”

“本来苏山头的女人和孩子们，有什么事都来请教我。在他们眼中，我是无所不知、无所不能的达荣叔叔，达荣爷爷。可自从那个张志标来了以后，女人们都跟蜜蜂一样追着他，从他身上蹭点味都觉得陶醉！我在她们眼中渐渐变得暗淡无光，她们对我甚至视若无睹。我命途多舛，本生无可恋，是乡亲们的信任和崇拜，给了我活下来的勇气。我把人生唯一的希望都寄托在对全村人的博爱上，可是那个张志标却让我失去了仅存的最后的尊严。最可恶的是，他厚颜无耻！女人和孩子们把他视为依靠，以为天塌下来，张志标都会替他们顶着；男人们把他奉为圣人，争相请他喝酒，给他递烟，到他家里干重活。他们出门之前都会嘱咐张志标好好照顾他们的老婆孩子，可是他又是怎么做的？他把村里的女人给骗上床了！他们忘了，张志标在成为干部同志之前，首先是个男人，作为男人这一点，他不比他们高级多少！”

“一派胡言！冤有头债有主，你恨的是张志标，你杀付玉娇做什么？”

“我本来是想杀张志标的，可惜他太聪明狡猾，不好下手。”

“所以你就杀了付玉娇？你真是丧心病狂！穷凶极恶！”

“既然杀不死张志标，就夺走他的最爱，让他痛不欲生。让他死也死不成，活也活不好。”

“就因为这个，你就对付玉娇下了手？你真是走火入魔！不可理喻！你不是口口声声说你爱孩子们吗？你让小雪和小光失去了母亲，你就不觉得廉耻、自责、内疚吗？”

“是我让他们失去母亲的吗？是张志标让他们失去了母亲！”苏达荣大声吼道。

“你就等着法律的制裁，在监狱里度过余生吧！”言本站了起来，愤怒地走出了苏达荣的病房。在过道里，他大口地喘气，想要将胸中的愤怒压抑排挤出去。他实在不敢相信也不愿意相信，苏达荣仅仅因为妒忌张志标，就凶残到要夺走付玉娇的生命。而最让他难以释怀的，是苏达荣毫不悔改、毫不内疚的执迷不悟。

在过道里站了一段时间之后，言本又回到了病房。

“苏达荣，既然你承认是你杀害了付玉娇，那你究竟是怎么害死她的？”

“7 月 6 日早上，我趁付玉娇去挑水，偷偷地爬上她家的二楼，将毒蘑菇藏入她家的蘑菇干中。7 月 7 号早上，我故意到付玉娇家串门，编了个谎言，怂恿她煮蘑菇干吃。

7 月 10 号，我把家里剩下的毒蘑菇藏入苏显方家。我想你大概也知道了，我和苏显方家的恩怨。”

“你究竟编了什么谎言，能让付玉娇心甘情愿地吃下毒蘑菇？”

“那还不容易吗？我就跟她说，我在镇上碰到张志标了，张志标让我转告她，已经选好日子，准备近期娶她过门。”

“就因为你说了这个，她就吃毒蘑菇，有点说不通吧？”

“听了我的话，她心情很好，跟我聊起了天，说起了阿光，又说起了阿光晒的蘑菇干。我跟她说，不能辜负阿光一片心意，如果她要走，也吃一碗蘑菇干再走。她跑到楼上装了一大碗蘑菇干，泡上水。我又跟她说，蘑菇干要和泥鳅菜一起炒才好吃。她乐呵呵地跑到后山去摘了泥鳅菜。我趁机把蓝靛从她泡的蘑菇干中捡了出来，换成了我口袋里事先准备好的癫伞干。”

苏达荣深吸了一口气，接着说：

“她摘完泥鳅菜回来，说要多做一些，给我也做一碗。我连忙拒绝了，说夏天鲜蘑菇吃多了，都吃恶心了。”

“苏达荣，你杀害了付玉娇，我现在正式逮捕你！”

“我心已死，身有何用？随波逐流，任你处置！”苏达荣闭上眼睛，竖起右手的食指，轻轻地摆动了几下，那架势，像是在向言本宣示，他已经完全放弃抗争了。

第十五章　节外生枝　天外有天

1

一听说凶手已经找到了，玉娇可以下葬了，显树紧皱的眉头松开了。

“太好了，太好了！再不下葬，恐怕要长蛆了。”

可一听说凶手是苏达荣，显树的脸又沉了下来。

“不可能，不可能！绝对不会是达荣叔，他不会干这样的事情，你们一定是搞错了！”

“苏达荣已经认罪了。”

“他认罪了？”

“这是苏达荣的录音，你自己好好听听！最好是把孩子们也叫过来一起听。”

“我听就好，别让孩子们听了。在孩子的眼中，达荣爷爷是个好爷爷。”显树依旧是一脸疑惑。

“正是因为这样，才更应该让孩子们听一听。让他们知道，坏人很多时候会伪装成好人的，让孩子们都提高警惕。”

“不要把孩子们扯进来，他们还小，不懂事，我听就行。

接下来，还是安排玉娇的葬礼要紧。”

显树对破案结果的漫不经心并没有让言本感到诧异。他对玉娇的葬礼，玉娇的来生以及玉娇对活人的影响的执念，也不再让言本觉得反感。言本总觉得，道派思想已经深深融入了苏山头人的骨血中，道教习俗已然是苏山头村民们的生活日常。潜移默化也好，刻意灌输也罢，那是一种谁都无法忽视的客观存在。人们已经深深迷上，纵使用九头牛的力量，也无法让他们调转方向。

不出言本所料，对于苏达荣是杀人凶手这个事实，苏山头所有的村民都不愿意接受。他们听到这个消息的第一反应都是“不可能，一定是你们搞错了”。这让言本错以为自己才是那个有罪的人，好像是他给村民心目中标杆式的智慧大善人，扣上了黑色的帽子，并将他残忍地推入了监狱的牢笼。

任凭言本怎么解释，人们依然满腹狐疑。

“这个苏达荣，还真是老谋深算！他究竟给村民们灌了什么迷魂汤，让他们对他如此死心塌地？”言本百思不得其解。

2

显树迫不及待地找人到了县刑侦大队，准备把玉娇的遗体快些抬回苏山头，可那遗体散发着浓烈的腐臭味，熏得人们个个退避三舍。显树只好到集市上买了好几米白布和塑料膜，将玉娇的身体裹了好几层，想要挡一挡臭味，可那臭味岂是塑料膜能挡住的？看着乡亲们一脸嫌弃，显树二话不说，抱起玉娇就要往外走。

“你们别管了，我背她回去。”

“别，乡里乡亲的，谁家没个事，玉娇从嫁到我们村那天起，就是我们苏山头的人了，死了也是我们苏山头的鬼。今天，就算是天塌下来，我们也要把玉娇抬回去，好好下葬，让她好好去投胎，下辈子过个好生活。”村长捏着鼻子说道。

“我来抬吧！我不嫌弃她。”志标突然出现在刑侦大队尸检室的大门口，又把显树吓了一跳。

“你是哪个？你有什么资格？”显树依然一脸鄙视。

“你就让他抬吧，这人都死了，还计较这么多干什么？一日夫妻百日恩，千年修得共枕眠，你对玉娇有恩，阿标同志对玉娇就没有恩吗？你就大度些吧！”村长苦口婆心地劝显树。

“照你这么说，那玉娇还该分成两半，一半跟他葬，一半跟我葬了？”显树还是不依不饶。

“你看你这个人，一经你的口，就没有好听话。”村长说道。

“行行行，抬吧抬吧！有本事，你一直抬到苏山头，这样我们大伙就省劲了。可是就你这身子骨，我看够呛！”显树白了志标一眼。

“阿标同志，你走前面，累了就放下来，咱们换着抬。”

听村长这么一说，志标快步走到担架前面，蹲了下来，两只手分别握着担架的前杠，费了好大工夫，才慢慢站了起来。他一脚深一脚浅地走在前面，走得踉踉跄跄，十分艰难。担架跟着他的身体左右摇晃。

显树无奈地跟在后面：“你们看看，看看，他抬得动吗？这不是耽误事吗？”

“阿标同志，你别抬了，跟着就行。白面书生，干不了这重活，还以为你有多大能耐呢！”村长也没想到，志标原来真的是手无缚鸡之力。

“我可以的，你们让我先适应一下，走两步就好了。”志标依然不想放弃。

“我们的力气都是平时干农活练出来的，可不像你说的那么容易。再说了，平地你都走成这样，爬岭的时候，你还不摔个底朝天啊？行了，有这份心，玉娇在天之灵会知道的。”村长又开始劝志标。

志标这才有些不情愿地从担架前走开，换成了村长。

就这样，几个人轮换着将玉娇抬出刑侦大队，抬到大街上，又抬上了通往苏山头的大岭。每走一小段，人们就把担架卸下，坐下来休息片刻。

休息的时候，志标总是跪在担架前，目不转睛地看着玉娇。

这时的玉娇与他记忆里的玉娇已经大不一样了。她的脸上爬满了尸斑，像虫子一样；她的鼻孔很大，像山洞一样，里面是见不到底的黑暗；看她的嘴唇微微张着，像是还有什么话没有说完。

看着看着，志标又想起了第一次遇见玉娇的情景：那个风雨交加的夜晚，那场生死之际的危难，第一次和玉娇柔情的眼神碰撞。

那时候，他以为她只是他人生的小插曲，转瞬间就会成为过眼云烟，可是没想到这个插曲奏得太疯狂，占据了他太多的身心，让他彻底失去了抽离的能力。

一年多时间，和两个女人割舍，志标觉得自己身上的气数已所剩无几，成了一个失魂落魄的行尸走肉，漫无目的地在人间游荡。

也许，在他人看来，玉娇的出现，已经完全地挤去了阿花在他心目中的位置。可事实上，只有他自己明白，阿花是他的独一无二，玉娇也是无可替代的。于是，有很多时候，他会陷入一种迷乱，完全分不清自己究竟更爱哪一个。两个女人都鲜活得如山上的杜鹃花，只是一个是红色的，一个是白色的，暗淡的只有他自己。每当女人们争风吃醋的时候，他也觉得心力交瘁，常常渴望解脱，渴望抽离。可是，想要抽离，哪那么容易？而当女人们相安无事、和平共处的时候，他又是那么甘愿沉沦。

“你别看了，有什么好看的，你看得还少吗？光着都看腻了吧？”每当志标跪在玉娇面前，显树就觉得特别不耐烦。

“你就让他看呗，他还能看多久啊？他不嫌她味大，说明还是有几分良心的，让你这么跪着闻，你还不一定愿意呢。”村长刻意挖苦显树。

“我不愿意？我怎么不愿意？就是不想看那张脸，吓人！看了怕做噩梦。你之所以帮他说话，那是因为你也不干净！奸夫都是一个鼻孔出气！”

“我怎么不干净了？怎么奸夫了？你把话说清楚了！”村长提高了声音，走到显树跟前。

“别以为别人不知道，村里的女人，有几个你没碰过的？有的还是隔了辈的。”

“既然把话说到这份上了，你就再说清楚些，我到底碰过哪些女人？你这是血口喷人啊！传出去，我还不被村里的男人打死啊！我对着玉娇的遗体发誓，我绝对没有碰过她。我碰了别人的女人，你管得着吗？”

“行行行，村长，当我没说行吗？我就是嘴快，说话不经过大脑，你别跟我一般见识。”

“你们别吵了，死者为大，给阿娇点安宁吧。”志标一声大叫。

村长和显树都没再言语。

他们又抬起担架，继续往上爬。

走着走着，显树的情绪又开始发酵：“这臭不要脸的，他倒管起我们了，他算老几啊！”

“行了，闭嘴吧你！”村长又是一声呵斥，显树才闭上了嘴。

3

三个小时后，担架到达苏山头的时候，已是夜幕降临。玉娇被抬到了大金山对面的宫子山上，被放入一个提前搭好的大棚里。大棚里早已经铺好了床，点上了蜡烛，床前放着个铁盆，铁盆里烧着纸钱，纸钱的火光冲天而上，纸灰飘得满棚都是。

志标跪在一个布垫子上，每当有纸灰飘到玉娇的脸上，他就用手轻轻地将纸灰捡去。

“阿标同志啊，你先回镇上吧，别老在这里跪着了！都知道你对玉娇好，可是你这样，让显树的脸往哪搁啊？这几天葬礼上人多嘴杂，你在这里，显树和孩子们会成笑话的。”

“都这个时候了，还在乎这些吗？我是不忍心让她一个人躺在这里，孤零零的，也没个人陪着。我知道你们都嫌她臭，可是我不嫌她。”

“那就没办法了，从今往后，她都得一个人躺着了！现在是躺在这个稻草床上，以后是躺在棺材里，你陪得了一时，陪得了一世吗？你对玉娇的一片真心，是天地可鉴，说实话，我要是你，都做不到你这样。可是就算不替显树想，你也得替两个孩子想想啊。你也知道，村里的长舌妇多，要是让她们知道是你在这里陪着阿光和小雪的妈，那两个孩子的耳根以后还能清净得了吗？”

“阿娇的命真是苦，显树没把她当回事，两个孩子和她也不亲。”

“话可不能这么说，人心骗不了人。孩子嘛，有奶就是妈，你说她也没个当妈的样子，一天到晚围着你转。要说起这个，还得怪你把她勾搭走了，不然，说不定今天就不是这光景了。行了行了，不说这些了，说这些都太晚了，好好珍惜活着的人吧。走吧，走吧。”

“我知道，是我害死了阿娇。苏达荣是因为妒忌我，才对她下手的，阿娇是替我死的，真正该死的人是我！”志标握紧拳头捶打着胸脯。

“你也别自责了，人这一辈子，做什么决定，走什么路，都不是自己选的。比如说你吧，你现在是后悔了，觉得是你害死了玉娇，可是掉个头，让你重新再遇上她，你不还是会跟她好吗？什么药都有，就是没有后悔药，因为就算有了后悔药，吃了也不一定管用。人哪，在世一天，过好一天就行了，你要相信玉娇在天之灵一定希望你好过。走吧，走吧，她现在这副样子，得赶紧葬了，尘归尘土归土，也算有个归宿。我们这些来自大山里的，最后又回到了山里，也算是回归了。若是死后能化成山间一只黄鹂鸟，或者一株百合花，那也算是造化。”

村长说着说着，竟有些自我陶醉，眼里竟挤出了两滴眼泪，“你快回去吧！以后，把玉娇放这里！”村长拍了拍自己的胸口。

志标这才站了起来，慢慢地走出了大棚，沿着大金山水库，跌跌撞撞地，刚走了一小段，又突然掉头跑回大棚，跪在玉娇跟前，号啕大哭。

跟着他哭声而来的是一道道闪电和一阵阵轰隆的雷声。闪电忽闪而过，在玉娇的脸上映出一幕苍茫的白光，看得村长直哆嗦。

“我怎么说的？让你快走，你不听，还鬼哭狼嚎的，这下好了吧，把闪电和雷招来了吧？一打雷，脸色就该变了！”村长说着拉起志标，将他用力往外推。

“什么意思？”志标不解地问道。

“这些东西，你们小孩子不懂的。快走，你就是有三桶子眼泪，回家流去，回家哭！哭得越大声越好，最好哭得三清镇人人都听到，人人都跟着你哭。那样的话，玉娇黄泉路上就不会冷清了。”

“可这马上就要下雨了，她会被雨淋的。”

“以后，她就和山上一朵蘑菇一样，还怕雨淋吗？再说了，这些事情是我们操心的，你就管好你自己就行了。”

志标耷拉着脑袋，踏上了水库旁的小路，他走着走着，突然跑了起来。村长看着他的背影在闪电中忽隐忽现，心里感到阵阵悲凉。

村长走到玉娇跟前，闭上眼睛，语重心长地说道：“玉娇啊，你也知道，我喜欢你好久了，可是就算到了今天，我连你的手都没有摸过，虽说我辈分比你大，可是我喜欢你又有什么错呢。只可惜，此时，我能摸到你的手的时候，你的手已经僵硬了，皮肤也不光滑了。可我不后悔啊，我喜欢你，我就大胆地跟你说了，你虽没有从我，可我对得起自己的心哪。本来，我以为，我是天底下最中意你的男人了，可看了张志标，我才知道，他才是最中意你的男人，所以玉娇啊，来生找一个张志标那样的，好好过日子吧。”

“你在说什么呢？对死人讲话，怪吓人的。”村长正说着，显树拿着一大捆塑料膜，突然出现在大棚里。

“你吓死我了！我跟玉娇道个别，我这个当村长的，没有看好她，我也有错。”村长假装说得轻描淡写，可心里却犯嘀咕，不知道显树有没有听见自己刚才说的话。

“行了，行了，少说风凉话，想跟玉娇道别的男人多了去了，又不是就你一个，演戏给谁看呢？”

村长没有搭腔，实在是不知道该怎么接话了。

“我这一辈子啊，最成功的就是娶了个让许多男人惦记的老婆，多光荣啊！还好我心大，谁爱惦记惦记去，只要孩子是我的就成。我要是斤斤计较，敌敌畏都不知道喝多少回了。”显树斜眼看着玉娇，“临了了，到头来，还不是我在这里给她张罗这张罗那吗？她以为，那些惦记她的男人会把星星摘下来给她？得了吧！”

“男人惦记她，又不是她的错，她还能跑到男人的脑子里去控制谁？”

“那是，就像她不能跑到你脑子里，让你惦记她是吧？”

“显树，你这人真没趣，你再说，我可走了！”

“行行行，不说不说了。”

“打雷了，脸色已经变了，就怕肚子鼓起来。赶紧的，带伞了吗?”村长推了推显树。

“带了带了，都解剖过了，肚子应该不会鼓起来吧?”显树把伞打开，放在玉娇的枕边。

“有伞就不怕。”

“要不是亲眼所见，还真不敢相信呢。”

“这都是老祖宗们传下来的经验之谈，还能假得了?要不说玉娇命苦呢，赶上这么个大热天。”

“按老规矩，洗身这事得让儿女来，可两个孩子都这么小。”

“千万别让孩子再近身了，小雪和阿光已经够可怜的了。”

“那怎么办，让谁洗身呢?难不成，我自己动手?”

“找个女人给她洗身，她的那些好姐妹，这回该派上用场了吧?”

“别看那些女人平日玉娇长玉娇短的，好的时候恨不得穿一条裤子，到了这时候，肯定躲都来不及。虽说只是前面擦三下，后背擦三下，可身体臭成这样，谁愿意近身哪?”

“我看村里也就彩月胆子大，要不让她起头?”

“彩月不行!”

“怎么不行?那女人胆大，连豺狼虎豹都吓不到她。”

“彩月怪可怜的，没少经历这种时候，是怕她又想起来。”

“也是，那不行，就让玉娇娘家人来，她姐妹。”

“她就一个瘸腿的哥哥，哪有什么姐妹?”

“这就麻烦了。回村探探话，看看有没有愿意的。不管怎样，得把她身上的尘土擦去，让她干干净净地上路。”

“我给她洗身吧!她的两个孩子都是我接生的，两次在鬼门关，都是我把她拉回来的。这次，我没法拉她回来了，就让我帮她擦擦身子，好好送送她。”宝珠突然出现在大棚里。

她的一席话，让显树和村长顿时热泪盈眶。

与此同时，玉娇的家中，黄师大风又开始了他缠绵悱恻、悲恸欲绝的哭唱。

小光和小雪穿着白色的大褂，头上系着稻秆绳子，跟在黄师身后，三步一叩头……

第十六章　口蜜腹剑　温情血溅

1

玉娇下葬了。

宫子山上的临时大棚被拆掉了，玉娇家里做功德的行头，也被卸了去。玉娇的房子里终于又恢复了平静，可那平静不再是往日的平静，其中多了些狗血的色彩和阴森恐怖的元素。这些元素萦绕在空气里，缠绕着人们的神经。很少有人会去玉娇家里串门，就连孩子们都不愿意踏进半步，好像那房子的暗处，总有一双隐藏的眼睛，贪婪地觊觎着一个个鲜活的灵魂。人们揣测，玉娇绝不会这么快就离开她的屋子和她的孩子们，她一定会时不时地回来看看，甚至，也许她从来就没有真的离开过。

不过，也有人觉得，玉娇的魂魄躲在志标家的可能性更大，因为玉娇生前对志标的着迷，远远超过了对孩子们的着迷。想到这里，人们普遍感到欣慰，顿时没有那么害怕了。可是再一深想，志标的家中已经有了一个女人的魂魄，玉娇在志标家里必定要陷入和那个女人的斗争之中，一旦她斗争失败，就一定又会跑回村里。

总之，玉娇虽然死了，但关于玉娇的故事，关于玉娇的传说，关于玉娇的猜测却从来没有停止过。

从拘留所刚放出来的菊红甚至表示，经常听见玉娇的屋子里有莫名的响动。那个屋子明明空着，连显树都极少进去，可是每到半夜，却好像总有人在里面来回走动，还呜呜咽咽地哭泣。菊红听那响动听得太过真切，常常从睡梦中惊醒。醒来以后，她再也无法入睡，只好睁着大眼，哆哆嗦嗦地躲在被窝里发抖。那时候，她突然特别想念一个男人，可是自从玉娇死了以后，那个男人就再也不会在夜里出现在她的家中了。于是，她又开始想念另一个男人，那个几年前在福建工地上被炸得面目全非的男人，也是她本来决定托付终身的男人。

她甚至想起了言本，那个她见一次就脸红一次的陌生男人，身上有一种特别阳刚的体香，总能激起了她的某种渴望。一想起他，她就仿佛闻到了欲望的迷迭香。

只是菊红心里明白，对他们的想念都是空想，是画饼充饥，是黄粱美梦。

玉娇下葬的头一天夜里，菊红哭了。眼泪前赴后继，像豌豆一样滚落到被窝里，她不敢发出声音，害怕自己的抽泣惊动隔壁的鬼魂。

哭得久了，哭得累了，眼睛哭模糊了，思绪也混乱了。她隐约看见玉娇从隔壁穿墙而过，到了她的屋里，坐在她的床沿上。她双眼紧闭，不敢看玉娇可能狰狞的脸，嘴里不停碎碎念，央求道："你饶了我吧！我不该那样对你，我是罪人，不该给你那一脚。我也知道你疼，可是，可是我不能没有村长，我胆小，又怕冷，不敢一个人睡。”

“我知道你和村长的事，可我从来没有对谁说过。你我都是女人，我懂你！女人何苦为难女人？”

听到这一句，她本应该心安许多，可不知为何，她又忍不住哀号起来，似乎压抑在内心深处的各种垃圾情绪，瞬间爆发了。她实在不愿意相信，也不愿意承认，那个曾经让她恨得咬牙切齿的女人，才是唯一懂她的人。而她懂她唯一的理由，就是，她也是女人。

暗夜里，不知从何处传来一声猫叫，菊红睁开了眼睛，再也看不见玉娇的身影。

那天后半夜，她睡着了，莫名睡得很香。梦里，除了她自己，再也没有别人，再也不见男人。

第二天早上，村里人都说夜里听到了玉娇的哭声，玉娇哭得撕心裂肺，惊天动地。

从那以后，菊红变得沉默了，不再成天絮絮叨叨、没完没了了。人们断定，菊红定是被玉娇“调教”过了。

其他的女人们也不再敢对玉娇冷嘲热讽了，因为他们总觉得作为鬼的玉娇要比作为人的玉娇厉害多了，也可怕多了。作为人的玉娇，她们惹得起；可作为鬼的玉娇，她们可不敢挑战。

于是她们对玉娇的孩子们，虽敬而远之，却也不敢随意欺负。不仅如此，她们还认识到了善待玉娇孩子们的重要性，经常给小雪和小光送吃的。她们总是偷偷地把吃的放在一楼的桌子上，然后迅速走出门去，一秒钟都不愿意停留，就像是去给一个凶神恶煞上供品一样，满心虔诚，却又满心恐惧。

小雪和小光实在看不懂村里的女人们，她们的脸变得太快，仿佛会随着四季、随着月色、随着环境任意改变颜色，就像大金山水库一样，有时是明晃晃的五彩缤纷，有时却是灰蒙蒙的清冷寡淡。

2

只有大河什么也不怕。

一到周末，一回村，他连自己的家门都没进，就先去了小光家。

他先看看小光和小雪，再爬到楼上，在玉娇的屋子里待上一会儿。

玉娇的床上什么也没有，就剩下一个床架子。她用过的被子、褥子、枕头，甚至她穿过的衣服、鞋子都被烧成了灰，跟着她到了阴曹地府。据说这些物件上都留着她的气，如果不烧掉，她在另一边总是惦记着，会时不时地回来看看。索性一把火烧掉了，断了她的念想，活着的人也就心安了。

大河常常坐在那床板上发呆，像是在静静地感伤，又像是在出神冥想，更像是在思考人生，关乎自己也关乎他人。他总觉得玉娇依然逗留在屋子里，尝试着和他进行一些能量上的对接，可无论他多么投入地去感触，也依然无法捕捉到她的情绪。

他多么渴望玉娇依然骄傲地存在于尘世之中，也许化成了蝴蝶，也许化成了苍蝇，可不管是什么，只要她没有消亡，就是荣耀。

他虽然是个高中生，满脑子都是无神论，一颗心只扑在人文科学上，可他毕竟生在苏山头，也长在苏山头。苏山头的风，苏山头的云，苏山头的苍穹，苏山头的生灵，苏山头的每一次呐喊，苏山头的每一次哭泣，都丝丝入扣地刻入他的心中，融入他的灵魂。他无法逃避这里给他的一切，他也从来不想逃避。

他总觉得生长在这个独特的地域是冥冥之中的天经地义。他在这里享受的一切和他承受的一切其实没有太多区别。那些享受的给他的快感只是短暂停留，而那些承受的给他的痛苦，也会很快过去。对于他来说，万事万物都不过是当时当地当情的无法选择的必然，他无法逃避，也无须逃避。这就是为什么，他听到玉娇死去的消息时，并没有多么锥心刺骨的痛，而是满心的绝望和苍凉。因为他明白，无论悲剧曾多少次造访，悲剧还是会来。悲剧，是他人生的基调，也是苏山头的基调。

每当看见他垂头丧气地出现在自家门前，彩月就十分生气：“你又去她家了？你这孩子就是不听劝。她死了，走了，赶去投胎了，你就别惦记了。你说我怎么会有你这么一个二百五的孩子呢？”

“妈，你别唠叨了，你说的我都明白。我就是经过她家楼下的时候，忍不住就爬上去看了几眼。你们怕鬼，我可不怕，我不是不相信鬼神，我只是觉得，冤有头债有主，阿玉婶就算还在那屋里，也不会伤害我的，绝不会。”

“你拉倒吧，鬼是瞎子，哪分什么亲疏啊？只要能到达目的，他们才不管是什么人呢。”

“妈妈，你别瞎说了，你说这些有什么根据吗？”

“根据？你以为天底下真的什么都有根据啊！摸不着、看不见的东西多了去了。再说了，这些也不是我说的，都是老祖宗总结的经验。”

“又是老祖宗，什么说不清楚的都推到老祖宗身上，你们啊可真对得起祖宗！”

“你看你这孩子，这我还能骗你吗？你别再去了，明年就高考了，别惹来什么晦气，影响了高考啊。再说了，你老惦记着她，心情不好也会影响成绩的。”

“我知道，你放心吧。”

彩月的话，大河听得明明白白，心里也清清楚楚。他只是觉得玉娇的离去，苏达荣的入狱都来得太快太急。他还来不及思考，就已经时过境迁。这两个人在他的眼中，都是特别之人，可偏偏因为一场突如其来、毫无头绪的凶案，一个成了死者，一个成了凶手。当他知道自己同样在乎的两个人曾互相伤害、互相厮杀的时候，他的内心是痛苦的、崩溃的，而最让他刻骨铭心的却是两个人的突然离去，连一句告别也没有。玉娇去了另一个世界，苏达荣去了另一个地方，他觉得自己的心突然被抽空了一块。

苏达荣虽被判了死刑，却还有缓刑，他还可以偶尔去监狱里看他两眼，和他聊上几句；可玉娇呢，却只能永远地活在他的记忆里了。最可怕的是，他知道，这样的记忆会在不久的将来渐渐消亡，就像他对他姐姐的记忆，他对他父亲的记忆一样，已经变得淡薄。想不起来的时候，好像从来不曾拥有过他们；想起来了，也不过就是模糊不堪的黑白影像。那些曾经让他铭肌镂骨的欢愉也好，痛楚也罢，都已经再也无法体察，而是化成了几缕苍凉，在心间回荡。

而他，之所以要经常去玉娇的屋子坐一坐，就是想让玉娇留给他的感受在他的心间停留的时间长一些，是对忘却的纪念。可真的忘却了，拿什么纪念？

3

又是一个星期五，大河背着一大包棉被，回到了苏山头。

棉被散发着一股浓浓的汗臭味，熏得他有些反胃。

刚进村口，他看见了阿北拉着一头牛犊，牛犊调皮地来回甩着尾巴。

“阿北，放牛呢？”他跟阿北打着招呼。

“大河今天回来这么早，平时不是天快黑了才回来吗？”阿北问道。

“今天学校开运动会，上午就开完了，下午放假，我就早些回来了。”

“你们读书人就是好啊，我连运动会都没有见过。什么时候带我去见识见识？”

“有什么好见识的，还不如放牛好玩呢。”

“你觉得放牛好玩，那是你不吃这口饭，你要是想靠牛犁地吃饭，再赶上个不听话的牛，你就知道运动会的好了。”

“也是，也是。”大河说着，迅速朝家走去，他只想快些把被子放下，让彩月赶紧拿去洗洗上面的臭汗。

走到家门口，大河看见他家的前门关着，他推了推门，门锁上了。他又绕到了后门，后门也锁着。他实在觉得奇怪，平日里，彩月很少会锁门，除非她到了镇上或者去了亲戚家。彩月知道他每个星期五的傍晚定会回来，没什么紧急的事情，她绝不会挑星期五出门。

于是大河掏出了自己藏在后院的钥匙，打开了后门的门锁，走了进去。

他刚想要喊彩月，突然听见楼上传来了奇怪的声音。他蹑手蹑脚地走上楼梯，到彩月房门口的时候，停了下来，他听见里面传来了一男一女聊天的声音。从虚掩的门缝里，他看到彩月和一个他熟悉的男人光着身体躺在床上。

顷刻间，他动魄惊心，急张拘诸，只觉快要瘫软在楼梯上。他的心怦怦直跳，仿佛要跳出胸膛。

“那男人，那男人不是……怎么可能？怎么会！难道，难道？”他一边不停地问自己，一边迈着颤抖的步伐，悄悄地走下楼梯。

走出他家后门，他突然快速地跑了起来，跑出村口，跑下山岭，跑到了镇派出所。一个半小时的路程，他半个小时就跑完了。

到了派出所的大门口，他已经是大汗淋漓，全身湿透。

他没有直接走进派出所，而是在门口逗留了许久，与其说是逗留，不如说是焦急地踱步，来来回回，没完没了地踱步。他一会儿低头，一会儿又抬头，还时不时地咬一咬右手的食指。

他的脑海里，有两个自己，正不停地激烈战斗，让他陷入无法自拔的深深的矛盾之中。他感觉自己马上就要精神分裂了。

“大河，你在这干什么呢？鬼鬼祟祟的。”突然，随着一个熟悉的声音，一个大大的手掌落到他的肩膀上。

“哦，言本叔叔。”大河一脸慌张，上气不接下气，刚抬起头看了言本一眼，又立刻低下头去。

“你到底怎么了，怎么这副样子，你掉水里了？你看这头发，跟落汤鸡似的，快进来，到我办公室坐一坐。”

“不去了，不去了。”大河连忙推辞。

“没事，进来吧，你又没有做贼，还怕进派出所？来来来，快进来。”言本说着便把大河拽进了派出所的大门。到了办公室，言本给大河倒了一杯水，示意大河在凳子上坐下。

大河坐了下来，蜷缩着，不敢抬头看言本。

“大河，你到底怎么了？你今天跟平时太不一样了，平时的你啊就是个天不怕地不怕，还知书达理的男子汉，今天怎么了？不会是，不会是村里又出事了吧？”言本说着，突然站了起来。

“不是，是，也不是。”大河吞吞吐吐，欲言又止。

“苏大河，你快说，到底是怎么回事？你要把我急死吗？以我对你的了解，不是严重的问题，你的状态不会这么反常，一定是出了什么事。你快说！”

“我说不出口，我说不出口！”大河突然大哭起来，眼泪哗啦啦地往下流。

“有什么说不出口的？要真是什么急事大事，那就是分秒必争，你这是在拖延时间。”

“好，好，我说。我看见，我看见，看见我妈妈和，和……”大河颤抖的嘴皮子，许久才蹦出几个字。

“你妈妈和谁？怎么了？”

“我妈妈和显树大伯，他们……他们在床上。”

“哎呀，你吓死我了，我以为又出命案了，你们那个村，这种事太多了。想来呢也不奇怪。你小孩子家，现在还不懂。”

“不是，你没明白我的意思。”

“你到底什么意思？”

“显树是玉娇的丈夫，我妈和显树有奸情。”大河又停了下来。

“天哪，你是说，你妈妈有作案动机？”言本恍然大悟，从椅子上跳了起来，不一会儿，又坐下了。

“不会，不会，苏达荣已经认罪了，案子都结了。除非，除非苏达荣是替人顶罪？他为什么要替苏彩月顶罪，难道苏彩月才是？”

“怎么会是我妈，怎么会是她？”大河哭得更大声了。

“大河，你快别哭了，为什么你一看到你妈和显树一起，就想到你妈有作案动机？是不是你之前有怀疑过？”

“阿玉婶死的时候，我没有怀疑过她，但是我姐姐死的时候，有一个现象，我一直没想明白。”大河停下了哭声，不停地大口呼吸着。

“什么现象？快说。”

“姐姐死的时候，手上抓着一把断肠草的果子。”大河又停了下来，他的手紧紧地握着椅子的扶手。

“快说啊，急死人了。”

“那个果子，我小时候摘过，也吃过。我咬了一口，觉得很难吃，就吐掉了。妈妈看见了，连忙泡了一大碗盐水让我喝下去，后来也没什么事，可能是因为吃得太少。”

“嗯，然后呢?”

“我姐姐虽然脑子有些笨，可是她的味觉是正常的，什么东西好吃，什么东西难吃，她会分辨，家里煮的菜，她说太咸的确实就是太咸了。所以这么难吃的果子，姐姐最多吃几口就吐掉了，不可能大把地吃。”

“你是说引起你姐姐死亡的可能不是断肠草的果子，而是……你姐姐不是自己误吃毒死的，而是……那你当时为什么不说，为什么不报警?”

“那时候我太小，不懂事，而且在场的大人们，没有一个人质疑姐姐的死。后来，每当我在家里说起这个问题，妈妈总是很焦躁地打断我的话，还说，如果以后再提起这个事情，她就不要我了，把我赶出家去。”

“大河同志，感谢你!”言本又站了起来，走到大河面前，握着大河的手，使劲摇了摇，“我们不得不去逮捕你母亲了，很抱歉!”

“这么快，真的要去抓我妈妈了? 不要，不要这么快。说不定，说不定我们判断错了。”大河伸手抓住言本的手臂，央求道。

“我也希望我们判断错了，可是……”

“怎么会这样? 怎么会?”大河像一只无头苍蝇，跟着言本走出了派出所的大门。

“大河，你别跟着我了，你到别处走走吧! 我不想让你看见你母亲被我们带走的那一幕。”

大河朝三清镇的街上走去，像一具行尸走肉，已经全然忘了自己身在何处，又要去向何方。就在几分钟之前，他做了一件可能会让他后悔一生的事情。可不做这件事，他也一样会后悔一生。

一个不经意的抬头，他看见通往苏山头的山岭上，几个穿着公安制服的人，正快速地往上跑去。

接下来的一切，正和他担心的一模一样。

4

公安冲进彩月家，带走了彩月，又冲进显树家，带走了显树。还没等村民们反应过来，公安已经带着人迅速消失在村口。

那个村口，是通往三清镇的必经之处。往日里，孩子们总喜欢在村口眺望等待，期盼着爸爸妈妈挑着篮筐从不远处走来，篮筐里藏着他们喜爱的糖果、衣服和玩具。显树被带走以后，小光和小雪，几乎天天都蹲在村口眺望。

一个星期后，雨后的傍晚，大金山水库里，挂着彩虹，一头挂在天上，一头插在水库里。老人们都说，那是彩虹渴了，到水库里喝水。

终于，显树一个人出现在村口。他慢慢地走来，身后没有跟着公安，手上也没有戴着镣铐。

望眼欲穿，终于等到了显树，小光和小雪又一次哭成了泪人。

显树背起小雪，往家走去，小光揪着显树的衣角，紧紧地跟在后面。小光满脸自豪，仿佛自己周身披着霞光。

显树回来的那个晚上，村长一行人到他家里嘘寒问暖，询长问短。显树三缄其口，就是不说话，被问得烦了，他一拍桌子：“你们都走吧，我什么也不知道，过几天公安会来的，有什么问题，你们问他去吧。”

说完，显树走上楼去，走进玉娇的房间，打开柜门，拿出棉被、褥子、毯子，铺到床板上。然后，他躺了下来。

眼泪从他的眼角倾泻而下。

人生第一次，他哭得像个无助的孩子。

第十七章　青梅竹马　一世虐恋

1

1987 年夏天，玉娇回村的第一天晚上，月光洒满了村庄，彩月坐在她家门前的摇椅上，静静地思量。

“妈，阿玉婶回来了！”大河饶有兴致地跟彩月说。

“她还知道回来啊！她回来，你乐什么？又没有给你带糖吃。”

“你当我三岁啊，还惦记糖呢！”

“你不惦记她的糖，你惦记她什么？还能给你钱不成？”

“妈，你怎么越说越离谱了。我就是觉得小光和小雪怪可怜的，阿玉婶要是能回来不走了，他们不就有人照顾了嘛。”

“就你是个大菩萨，见谁都可怜，你怎么不可怜可怜你妈呢！”

“我妈不可怜，就凭有我这个聪明懂事的儿子，我妈比村里哪个妈都幸福，都神气。”

“那倒是！”彩月从摇椅上站了起来，走到灶台前，开始扒拉锅里的碗，一阵揪心。

玉娇回来的第二天早上，彩月提着几颗大白菜，到玉娇家串门。

“什么时候回来的？”

“昨天晚上。”

“你看你，回来也不说一声。要知道你回来了，昨天晚上我就多炒几个菜，你带着小雪、阿光到我家吃晚饭多好，咱姐妹俩聊聊天。大河也老念叨你，说好久没见你了。”

“大河这孩子可真是懂事，有良心。我家阿光有他一半，我就心满意足了。”

“阿光以后也差不了的，你不在家，他不也没饿着嘛！”

“我知道，我不在的时候，你挺照顾两个孩子的，谢谢你。”

“你看你，跟我还客气呢。小雪呢？”

“去阿琴家了，听说阿琴买了新裙子，非要去看看。”

“女孩子家的，就是爱美。”

“对了，你这次回来，阿标没拦着？”

“我走的时候，他没在家。我要是真想回来，他也拦不住。”

“看来这个阿标是被你拿住了，你可真有本事，把一个文化人给拿住了，我要是有你这个本事，就不会到现在还守活寡了。他老婆走了有大半年了吧，他怎么打算的？你又是怎么想的？这两个男人都爱你爱得要死，你准备怎么选呀？”

“你真会说笑，哪有那么爱呀，我谁都不选，我选我儿子、女儿。”

“那不就是选显树吗？”彩月的心咯噔了一下，刚拉下的脸又马上堆满了微笑。

“我跟你说呀，这越往后，就越觉得孩子重要。以前他老婆还在的时候，我老是害怕，哪天就不能和他一起了，可是他老婆真走了，你说让我抛下两个孩子，彻底离开显树，我倒觉得为难了。”

“是，得不到的才是好的，捏在手心里的反倒不稀罕了。”彩月嘴上应着，心里却盘算开来。

“不知道，人心真是难测！不说别人，就是自己的都难测。以前呢，我觉得显树一百个不是，可现在和阿标待久了，也觉得他满身毛病，有的方面还不如显树呢！”

“我走了，不陪你聊了，我家猪还饿着呢。”彩月突然站起来，头也不回地走出了玉娇家的大门。玉娇看着彩月的背影，觉得好生奇怪，不知道自己说错了什么，竟让彩月突然就离开了，好像彩月只要一听到她的心里话，就有些焦躁不安。可是玉娇偏偏是一个不喜欢胡思乱想的人，那些偶尔闪过她脑海的疑问和猜忌，总会很快被她忘记。

她觉得这样活着才轻松快活。

2

玉娇回村的第三天。

彩月又来找玉娇。

“昨天走得急，匆匆忙忙地，话没说完，今天我早早把猪喂饱了，咱俩多聊聊。”彩月提着个编织袋子，袋子底部装着东西，鼓鼓的。

“袋子里放着什么好东西啊？”

“给达荣叔的菜干。达荣叔一个人，也没有家人照顾，怪可怜的，他喜欢吃菜干、蘑菇干什么的，可惜我家没有蘑菇干。大河那孩子眼笨手笨的，就是采不到蘑菇，不像阿光，那么机灵，给你晒了多少蘑菇干啊！”

“家里缺什么就是不缺蘑菇干，达荣叔要是喜欢，拿一些给他就是。吃完了，孩子再去采。我这就去楼上拿。”玉娇说着就要起身。

“我自己去拿吧，你别去了。我去挑些好的、新鲜的，刚好装在我这袋子里，省得你再找袋子了。”

“那我跟你一起上去，一起挑。”

“你看你，拿你几个蘑菇，你还盯着，怕我拿多了，还是你屋子藏了金子怕我偷去？”

“你去你去，瞧你说的。”

“对了，一会大河要是经过，别说我在你家。他嫌我话多，怕我到处唠叨，说我快到更年期了，怕我成了长舌妇，跟人嚼舌头根子。你说这孩子。”

“哈哈哈，知道知道。有这么个疼你的儿子，你就高兴去吧。”

果不其然，彩月刚上楼不久，大河就朝玉娇走了过来。

“阿玉婶，你家有犁耙吗？我家的找不到了。要犁地，我妈说别人家的都在用，你家的估计闲着。”

“我还真不知道，我去后面仓库里找找。”

大约 10 分钟以后，玉娇把犁耙递给了大河，大河满意地走了。

这时，彩月从楼梯上走了下来。

“你没说我在这里吧？”

“没说，大河拿着犁耙走了，看把你吓的。”

"我谁都不怕，就怕我儿子。"

"都挑完了？"

"挑完了，你看！可不能跟你家阿光说，我把好的都给挑走了。他一片苦心留给你吃的，要是知道了，会怪我的。"彩月把编织袋子的口打开，玉娇看了看："怎么不多拿点？我不吭声就是，小孩子家家的，你不说，他哪知道？"

"不少了，达荣叔一个人也吃不了，回头他想吃的时候，我再过来拿。"

"好嘞。"

彩月拎着编织袋告别了玉娇，从玉娇家的后门走出去。

"你干吗走后门哪？"

"说你脑子直，你还真是。从你家拎着这么一大袋子东西，被其他几个看见了，还不眼红？还不来你家抢啊！"

"也是，也是。"玉娇笑了，心里感叹道：彩月就是这样，事事都想得周全。

那一天夜里，彩月彻夜未眠。她盯着挤满蚊虫的天花板，开始了她的沉谋研虑。

3

玉娇回村的第四天。

早上 5 点钟，大湾山的灌木丛里，彩月和菊红一边寻着蘑菇，一边拉着家常。

"菊红啊，你这小样的，够能耐的啊！你看你这脸粉嫩粉嫩的，多招人喜欢哪，难怪连……"彩月故意欲言又止。

"什么意思啊你？"菊红一脸通红，听出了彩月话中有话。

“你就别装了，我都听说了。你现在啊，可是村长的最爱，村长恨不得把你捧在手里，含在嘴里。”

“你听谁说的？这是污蔑！按辈分，我管村长叫‘叔’呢，能干出这么见不得人的事情吗？”菊红拉着脸，义正词严。

“你就别演戏了，人家亲耳听到的，还能有假？说你那叫声，可销魂了。哎，村长这么厉害啊？不愧是村长，功夫了得啊，把你弄舒服了吧？”

“你快别说了，恶心死我了！我是外村嫁进来的，你可是本村的，你说这话，不觉得害臊吗？村长是你亲戚啊！你怎么能这样白话他？你快说，是哪个不要脸的，嘴巴烂了胡说八道，看我不撕破她的脸！”

看见菊红急了，彩月暗喜，乘胜追击：“我也不知道谁说的，我也是听人说，好像是宝珠说的。你就别生气了，这种事情嘛，有了也不要紧的。你说你男人都走了好多年了，有个男人喜欢你、疼你，有什么错？”

“宝珠说的？那你自己怎么不找个男人去？”菊红这一反问，倒让彩月有些猝不及防。

“就是没人喜欢我，要是有人喜欢我，那我也从啊！行了行了，消消气，就当我没说。”

“你别骗我了，肯定不是宝珠说的，一定是我隔壁那个狐狸精。”

“你隔壁？”

“那个臭不要脸的荡妇。”

“你可别瞎说，跟玉娇没有什么关系，玉娇不是那乱说话的人。”

“不要因为你跟她关系好，你就包庇她。不用想也知道，宝珠家离我家那么远，她能听见我屋里什么声音？能听见我屋里动静的除了付玉娇，就没有别人。”

不出彩月所料，菊红很快就上钩了。

“又没有证据，你能怪到玉娇头上吗？”

“要什么证据，找她当面对质就行。看她还敢抵赖吗？不就是因为村长以前喜欢的是她，现在不喜欢她了，她眼红。”

“你和她对质？要真骂起来，你还真不是她对手呢！就你这小身板，她三口气就把你吹倒了！”

“别人不敢说，对付她我还有余呢！走走走，现在就回村，看我不撕烂她的嘴！”

“要去你去，我可不去。我可没说是玉娇说的，这些都是你瞎猜的。”

“行，你不去，我去。”菊红说着，急匆匆往村子里跑去，她背上的竹筐随着她扭动的屁股左右摆动。

她一边跑着，一边口中念念有词，像是在不停地诅咒玉娇。

“付玉娇，我烧根香诅咒你祖宗十八代！”

她跑到玉娇家的时候，已是挥汗如雨，气喘吁吁。她大喊玉娇的名字，喊得断断续续。

“付……付玉娇，你……给我出来！”

正在厨房烧火的玉娇，听到声音，连忙跑了出来，看见菊红怒目圆睁地站在门前，知道大事不妙，又急忙扭头跑回了大厅。

“付玉娇，你别走！你说，是不是你白话，说我和村长有一腿的？”

“我没有！我也不知道有这样的事！”玉娇的语气冷

静而坚定。

“别装了，不是你还有谁？你自己随便让男人摸，让男人睡，倒管起别人来了？你有什么资格啊？要说放荡，这个村里，你绝对排第一，第二名和你还差了十万八千里呢！”

“菊红，你不要血口喷人，我真的没有说，我也不知道是怎么回事。”

“你还不承认是吧？你承不承认！怂了是吧？白话的时候，怎么说得那么痛快呢，现在怂了？”菊红一把扯下背上的竹筐，往地上一扔，步步逼近玉娇。玉娇一步步往后退去，确保和菊红保持一定的距离，退到厨房木门前的时候，她突然停了下来，不再后退。她站得笔挺，眼神变得果敢，像是做好了战斗的准备。

“你干什么啊？发什么神经！”玉娇的语气变得凌厉。

“你承不承认？你要是不承认，就不是你妈生的，是狗养的！”菊红赤口白舌，恶语相逼。

“我让你撒野！”说时迟那时快，玉娇抬起手，一个迅猛的下滑，在菊红的右脸上留下了几道长长的血印子。

“你敢挠我?!”菊红捧着受伤的脸，“哇哇”地哭了起来。她往后退了几步，迅速抬起她的右腿，往玉娇的肚子上狠狠地踢了一脚。玉娇觉得肚子一阵疼痛，正要往前扑去，给菊红一脚，却被几只手臂拦住了。

玉娇定睛一看，眼前出现了好几张熟悉的面孔。

“菊红，你闹够了没有，赶紧回去，还打个没完了？”彩月大声训斥。

“是啊是啊，扯平了，扯平了，回家去吧！别把事情闹大了！”

在大伙的一阵劝说下，菊红捡起竹筐悻悻地走回隔壁的家中。

“都散了吧！”彩月把玉娇扶到桌前，让她坐下，问她伤得怎么样，疼不疼。

“不疼。我知道她们不想我留在村里，可我偏要留下来，活给她们看！”玉娇说得铿锵有力，斩钉截铁。

“这就对了，这就对了。消消气，别管她们，咱过好自己就行。我突然想起来，家里还煮着猪食呢，我得回去看看，你先歇会！”彩月对着玉娇说完，又朝着看热闹的女人们说，“都散了吧，让玉娇好好歇会。”

彩月和女人们一起慢慢地走出了玉娇的视线。

大约过了 30 分钟，彩月又从玉娇家的后门走了进来：“我还是不放心你，过来看看。”

“我没事，你忙你的。”

“还没吃早饭呢吧？”

“还没吃呢，熬了粥，准备等着小光采新鲜的蘑菇回来，炒一盘配粥，我也好久没有吃蓝靛了。”

“那得等到什么时候，这些孩子啊，不到 9 点都不回来，蘑菇把他们的魂都偷走了。我给你下碗蘑菇面吧，昨天达荣叔还说呢，没想到阿光小小年纪，能晒出那么好吃的蘑菇干。”

“不用了，我现在也吃不下。”

“那咱们多放蘑菇，少放面不就行了嘛。家里面条放哪里了？你去把面条找出来，我去拿蘑菇。”彩月爬上楼去，不一会儿，端着一盆蘑菇干走了下来。她给蘑菇干浇上温水，把盆放到大锅里，盖上锅盖。

“你这是干什么啊，做个蘑菇干还这么费劲。”

“你不懂，这样做出来口感特别好。”彩月关上后门，把声音压得很低。

“你关门干什么？鬼鬼祟祟的。”

“你刚和菊红吵过架，留个心眼，要是让她知道我在你家，还以为咱俩串通一气对付她呢。她那个人你还不知道，心眼小，还没大脑。面呢，面在哪里？”

“家里没有面了，光吃蘑菇就行。”

“行，那就炒着吃吧，有味！你快生火去。”

玉娇听话地生着火，彩月握着大勺，来回翻炒着。不一会儿，一碗香喷喷的蘑菇就做好了。

彩月拿来筷子，把碗递给玉娇：“快吃，趁热吃。”

“好。”玉娇大口地嚼着，“真好吃！你怎么不吃呢？”

“我不爱吃，你吃吧，觉得好吃就多吃点。”

吃到一半，玉娇觉得头晕眼花：“我不吃了，难受。”

“再吃点，阿光辛辛苦苦给你晒的。吃完了，我扶你上去休息。”盛情难却，玉娇又吃了好几口，一大碗蘑菇就剩个碗底了。

“哈哈，真好吃。”玉娇开始出现幻觉，眼神迷离，手舞足蹈，还时不时地笑出声来。

彩月走到楼上，关上玉娇房门的窗户，拉上窗帘，又走下楼把玉娇扶到楼上，给她盖上被子，自己则坐在床边的凳子上，若无其事地看着玉娇在床上翻来覆去……

二十多分钟以后，玉娇停止了挣扎。

4

彩月从口袋里掏出一双白色的手套，戴在手上，走到里屋，从柜子的暗角处，掏出一个袋子，袋子里是她昨天藏好的敌敌畏瓶子。她打开瓶盖，往玉娇的嘴里灌入少量液体，然后又盖上瓶子，把瓶子放在床头柜上。

“这样多好，我成全了你，你也成全了我！你不会再痛苦，我也不会！我恨你，不是因为你，而是因为我自己！”

彩月看着玉娇依然睁着的眼睛，说得情真意切。她眼神里突然流露出的悲悯和柔情，仿佛在骄傲地宣示，自己又成功地救赎了一个堕落的灵魂。

她觉得，那一刻的玉娇，像极了一个人。只是那个人死的时候，她痛得锥心刺骨，对自己厌恶到翻肠倒胃。可这回，她麻木了。杀人不过就是一场分秒必夺的战争，其中只有成败，没有善恶，亦没有是非，更没有什么纷繁复杂的狗血情愫。

确认玉娇断气以后，她走到楼下，将大锅洗干净，在里面倒入一些剩菜，再把盛蘑菇的碗筷也洗得一尘不染，放入碗柜中。

最后，她大摇大摆地走出了玉娇家的后门。

她之所以如此从容，是因为她知道，在一阵大动干戈的吵闹之后，谁都不会到玉娇家来，因为那样就是明摆着和菊红对立。菊红，一个不知天高地厚、不知是非对错、口无遮拦的愚昧之妇，最令人胆战。再加上那个时间，村民们大多都在田间山上劳作，谁有那闲工夫关心她这个好闺密在玉娇家究竟干了什么。

她也不担心孩子们会突然跑回来，因为在大金山茂密的原始森林中，他们早已迷失。他们的心早就被蓝靛紧紧捆住，怕是根本听不到也不在乎村里究竟发生了什么。

一切都进行得太过顺利，彩月莫名有些怅然若失，玉娇实在太好对付了，她竟觉得自己有些太过残忍。可是，不残忍……

5

从她记事开始，显树就一直在她的生命中呵护她，照顾她。她饿了，显树给她采野果；她累了，显树背着她走；她烦了，显树带她去捉蜜蜂、采野花；她怒了，显树连忙赔礼道歉，还搜索枯肠，找各种笑话，直到逗得她哈哈大笑为止。

显树是她的苍穹，是她的土壤，是她的阳光，是她的雨露……显树是她的一切，一切的一切，她不要别的，有显树就足够了。

她母亲一次又一次地告诫她，显树是她的表哥，是四代之内的近亲，他们两个人连手都不能牵，最好少见面，一个不小心犯了错误，生出个傻孩子，那就是不忠不孝、不仁不义，连祖宗十八代都会怪罪他们。她嘴上应得爽快，可心里却想：那大不了，我就不生孩子了，有显树就够了，孩子都是多余的。

15 岁那年，在大金山的树丛里，她和显树拥抱在一起。显树亲吻着她的额头、她的脸颊、她的耳垂，甚至她还没有完全发育好的青涩的乳房。她沦陷了，就在那个夏日的白天，她把初次献给了自己心爱的男人。

她本以为，从那以后，他们俩的爱情会像大金山上的松柏，长年屹立，永远挺拔翠绿。谁知，18 岁那年，她突然听到显树订婚的消息。她还听说，显树的对象是个美女，显树不仅收获了美女，还收获了美女家3000块钱的陪嫁。

她摧心剖肝，哭了一整夜，哭得魂都丢了。第二天早上，她没有跑去质问显树，而是毅然决然地跟她母亲说："你给我找个人家吧，我要嫁人，我要嫁出去，嫁到哪个村都可以，就是不要继续待在苏山头。"

"你嫁什么人啊？你又不是不知道，咱们家就你一个闺女，是要招上门女婿的。你要是嫁出去了，香火就断了，你可不能对不起祖宗啊！"

"你要是敢嫁出去，我打断你的腿！把你打残了，看谁还敢娶你。"彩月的父亲举着根木棍，一副要痛打彩月的架势。

"那你打死我呀！我死了，你们就都清净了！"

话虽这么说，可胳膊拧不过大腿。两个月后，彩月也订婚了，对象是邻村的张卫。张卫有5个兄弟，张卫的母亲嫌儿子太多，娶媳妇费钱，同意张卫入赘到彩月家。

半年后，显树结婚的时候，彩月躲在后山，哭得天昏地暗，山崩地裂。她泪眼婆娑中，远远地看着显树家张灯结彩，鞭炮齐鸣，人头攒动。

洞房花烛夜，众人在新娘房中嬉戏玩闹的笑声一浪接着一浪，刺痛了她的耳膜。

人们渐渐散去后，她偷偷躲在显树婚房的窗户底下，听见了玉娇婉转娇嗲的叫床声。玉娇像一只发情的野猫，在显树的怀抱里辗转承欢。

玉娇的叫声像一把把刀尖，划破了她良心的坚守，她开始恨了，恨得入骨入髓。

她发誓，终有一天要夺回显树，不管付出什么代价，哪怕牺牲生命也在所不惜。

婚后的显树，从来没有找过她。显树在村里遇到她，就像老鼠见到猫一样，避之不及。彩月断定，有了新娘后的显树定是把她忘得一干二净了。她也知道，玉娇美丽多姿，像初开的百合一样娇俏动人。面对这样的女人，不管多少个显树都会沦陷。

显树对她的冷淡，更加激发了她夺回他的欲望。她暗中观察，伺机而动，终于在一个夏日的清晨，偷偷跟踪显树到了大金山。

“显树。”

“你怎么在这里？”显树显然吓了一跳。

“我想你了！你为什么不理我？”

“我，我对不起你！”显树低下头，满脸羞涩。

“你为什么不说一声就订婚？”

“我是男人，我不能让祖宗断了香火。”

“那我怎么办？”

“你也快些结婚吧，好好生个孩子。”

“不，不要，我不要和你分开，我不要给别的男人生孩子。要生，我也要跟你生！”

“不行，我们是近亲，生出傻孩子的话，那会一辈子痛苦的。”

“我不怕，我不怕，我只要和你在一起，我什么都不怕！”彩月泪流满面，突然从身后搂住了显树的腰。

“可是，我已经结婚了，我……”彩月的乳房紧贴着显树的后背，温柔地摩擦着。显树的双眼潮湿了，他猛地一个转身，抱起彩月，疯狂地吻着她：“我好想你，好想你。”

彩月断断续续地抽泣着，有种在显树眼泪和精液的温度中重生的错觉。

“我要走了。”显树提好裤子，就要离去。

“再抱抱我。”彩月娇嗲地哀求着。

“不行，被人看到就麻烦了。”显树匆匆离去，就像逃难一样。

彩月两手提着裙摆，愣在原地，在显树肉体的余温中，她一个人站在幽深的密林里，冷得发抖。

直到一条竹叶青蛇从她的脚边爬过，她才如梦初醒，潸然泪下。她目送竹叶青蛇慢慢离去，冷冷地对自己说：“苏显树，我一定要你变成我一个人的，我发誓。”

10 天后，彩月也结婚了。

1 个月后，她怀孕了。

9 个月后，她生下一个女婴。

两年后，她发现，女婴是个傻女。

本来，她从不因为大莲是个傻女而厌弃她，因为她知道，那是她和显树爱情的结晶。大莲长得像极了显树，每当她看到大莲，就像看到了显树。大莲在身边，就好像显树在身边。

只是大莲渐渐长大，越来越不受控制，成天到处乱跑，她捆着也不是，关着也不是，尤其是到了发育的年龄，大莲的胸脯渐渐隆起，身材变得丰腴，彩月开始提心吊胆。大莲来月经那几天，彩月度日如年。大莲村头村尾跑个遍，彩月给她塞的棉花，不一会儿就被她扔掉了，经血滴得到处都是。村里人看见大莲，就像看见发臭的死耗子一样，恨不得将她快些埋掉。他们抛给大莲的白眼，大莲看不到，却像一记记拳头，打在了彩月的身上。彩月痛不欲生，苦不堪言，却也只能忍气吞声。她发泄的唯一途径，就是等大莲回到家的时候，关起门，对大莲一通打骂："别人来月经，都痛得在地上打滚。你倒好，来月经，一点不痛，还潇洒地到处跑，你可知道，你的痛都跑到你妈身上了！"

"你还笑，你都快把你妈逼死了，你还笑！天底下天天有人死，为什么你妈还不死！"

面对彩月的骂，大莲只是绷着脸，一直哭，可如果被打得疼了，她就会瞬间爆发，反过来对彩月拳脚相向。大莲不知轻重，常常把彩月打得浑身是伤。

所以，每个月的那几天，大河就格外担心，生怕哪天一个不测，彩月被大莲打死。

而显树呢，虽不像旁人一样厌弃大莲，可也从来不闻不问，好像大莲与他没有任何关系。

13 岁那年的春天，大莲怀孕了！

看着大莲一脸傻笑的无知样子，彩月做了一个决定。

一个月后，在小学的厨房里，大莲死了，手里握着一把野生八角。

彩月给大莲吃的蘑菇，和给玉娇吃的是一个品种，也是一样的数量。不一样的是，玉娇是在自家房中吃下的蘑菇，大莲却是被她骗到小学厨房才吃的。

那是一个盛夏的清晨，日头焦急地发着光芒，像是要迫不及待地灼烧村庄的安详；村庄对面的岩壁上，露珠在青苔的怀抱中渐渐消亡；岩壁沿边的竹林里，一条竹叶青蛇缠绕在碧绿的枝条上。彩月洗净大莲的脸庞，给她化了淡淡的妆，给她换上了新买的红色的确良衬衫。她坐在大莲的对面，把大莲上上下下看了个遍，然后她一咬牙，一跺脚……

她把在家里烧好的蘑菇汤，放进一个水桶里，盖上盖子，然后带着大莲到了小学。

她先给了大莲一颗麦芽糖："好孩子，快吃糖，这可是妈妈用鸡胗换来的。鸡胗是好东西，能换来糖。可惜一只鸡只有一个鸡胗，一个人只有一条命。如果能拿我的命换你的命，我也愿意，可就算我把命给你，你也是苦的。"

大莲乐呵呵地吃着糖，咯咯地笑着。

吃完了，彩月又对她说："这蘑菇汤啊比那麦芽糖还好吃，你吃了以后，就会很快乐，没有痛苦，也没有烦恼。"

大莲端起碗，大口大口地吃了起来，不一会儿，满满一碗蘑菇汤被吃得一干二净，连底儿都不剩。

吃完以后，大莲笑得更厉害了，彩月怕她的笑声被人听见，就用手捂住了她的嘴，过了二十几分钟，大莲停止了挣扎。

最后，彩月把事先准备好的野生八角塞到大莲的嘴里和她的手中。

那天天刚亮，彩月就说肚子疼，让大河到镇上拿药。

等大河买好药回来的时候，小学的厨房里，早已站满了人。

这是她第二次成功得手。

大莲 9 岁的时候，她和张卫在百丈崖上砍树，她趁张卫不注意，一个猛推，将张卫推下了山崖。她假装哭哭啼啼地跑回村里，说张卫摔到悬崖下面了。村民们跋山涉水，到了悬崖底，看见张卫摔成了好几截，早已断气。

没有人知道，她为什么杀了张卫。只有她自己明白，当她看见张卫的污手在大莲的身上胡乱摩挲的时候，那种心如刀割的感觉。张卫定是知道，大莲非他亲生，才敢在大莲身上发泄兽性。而对于张卫的兽性，彩月也是敢怒而不敢言，完全束手无策，只能暗自流泪。

她本来以为，张卫死了，就没有人会再欺负大莲了，直到大莲怀孕了，她才明白，只要大莲活着，就无法逃离伤害，于是……

第十八章　歪打正着　缘起缘灭

1

福鼎。

“妈，有个事，我得跟你说。”

素秋进产房之前，紧紧地握着玉英的手。

“有什么事情，等你出来再说，老天爷保佑母子平安。”

“妈，我一定要说。我这肚子里的孩子，不是刘元的。”

“什么？天哪，你不要吓我，女儿！不是刘元的，是谁的啊？”

“是达荣的。”

“我的老天爷啊，这是作的什么孽啊！万一，万一生出个傻孩子，万一，刘元知道了，可怎么办呀？”

“妈，我对不起你和爸爸，对不起刘元。万一我有个三长两短，你就把孩子交给达荣。”

“产妇要进产房了，家属到外面等着！”医生一阵催促，把玉英和素秋分开了。

产房的大门“嘭”的一声关上了，玉英心乱如麻，不知所措："达荣的，达荣的，这个苏达荣，万一是个……老天爷呀！"玉英焦急如焚，惊慌失措。

"你哭什么呢？女儿生孩子，你哭什么哭，不知道的还以为……"道山看到玉英的样子，十分不理解。

"她爸，你不知道啊，素秋……"玉英刚要往下说，看见刘元急急忙忙地向他们走来。

"怎么样？生了吗？"

"没有，刚进去。刘元，你在这里盯着，我肚子饿得厉害，胃疼，让你爸陪我吃点东西去。"玉英说完，拉着道山就往外走。

"你肚子再饿，忍一忍嘛，女儿生孩子呢，你这当妈的怎么能走开？"

"你听我的，叫你走，你就走。"

玉英拉着道山，鬼鬼祟祟地走出医院。

"到底怎么回事，你是吃癫药了吧？"

"素秋肚里的孩子，不是刘元的。"

"什么？怎么可能！不是刘元的，是谁的？"

"是……是达荣的！"

"什么？这个白蒲（方言，骂人的话），气死我了！"道山一个踉跄，差点摔倒在地上。

玉英伸手扶住他："现在怎么办啊？"

"怎么办？怎么办！你问我，我问谁啊，是你养的女儿！"

"那也不是我一个人养大的。"

"这个苏达荣，真不是东西，衣冠禽兽。打断一条腿都便宜他了，就该把他打死！"

"别骂骂咧咧的了，现在骂这些还有什么用？想想办法。"

“想什么办法，你当我是神仙啊，这样的事情，只能是听天由命了。”

“我有个办法。”

“什么办法?”

玉英凑近道山的耳朵，嘀咕了好一会儿。

道山面露喜色：“就这么办!”

“生了，是个女娃。家属，去把产妇推到病房。”

“我来抱我来抱，刘元，你快去看看你老婆，她刚生完，你可得好好安慰她，女人生孩子呀，九死一生。”

“好嘞。”听玉英这么一说，刚想看看孩子的刘元只好不情愿地走进了产房。

玉英抱着孩子，偷偷摸摸地走到婴儿房门口，趁医生不注意溜了进去，把孩子放在一个空床上，然后迅速离开。

与此同时，道山已经从婴儿房中，抱出来一个他们谁都不认识的女婴。

“成功了，成功了!”

玉英差点欢呼起来。

“要不是怕被医生发现，应该换个男孩，吓死我了，跟做贼似的。”道山心有余悸，像是经历了一场枪林弹雨的战争。

当玉英把孩子抱给素秋的时候，素秋满眼泪水，心里踌躇挣扎。

一直到了孩子 1 岁之后，看见丽云一切正常，素秋才彻底放心。

彩月 18 岁的时候，素秋得了癌症。玉英万般无奈之下，将换孩子的事告诉了素秋。

素秋火冒三丈："你们怎么可以这样欺骗我？"

"女儿啊，你别生气，虽然丽云不是你亲生的，可你的亲生女儿也在身边。"

"谁？谁是我女儿，到底谁是？"素秋紧紧地抓着玉英的手。

"是彩月！"

"怎么可能，到底是怎么回事？"

"女儿啊，你听妈妈慢慢说。"

原来，回到苏山头以后，看着丽云一天天长大，越来越机灵，也越来越秀气，玉英和道山心里的石头总算落下了。在医院里换孩子的时候，他俩一时冲动，觉得只要不是素秋生下的，谁家的都行。可是后来一想有些后怕，万一换来的这个不健康，那该多窝囊啊！

丽云虽健康聪慧，可是长得和素秋一点儿都不像，倒是另一家的女孩彩月，越长越像素秋，简直就是一个模子刻出来的。素秋眉心有一颗红痣，彩月的眉心也有。村里人经常开玩笑说，彩月定是投错了胎，选错了父母。玉英和道山也觉得十分奇怪，开始细细观察彩月，发现彩月连说话的表情和动作都像极了素秋。

彩月 10 岁那年，玉英将她叫到家里，问她的生日才知，彩月的生日就比丽云早一天，玉英又问她在哪里出生，彩月说是福鼎。玉英趁彩月不注意，把她的上衣撩起来，看到她后背上花形胎记。至此，玉英已经完全能断定，彩月就是素秋的亲生女儿。因为她清楚地记得，孩子出生那天，在医院里，她把孩子给道山之前，特意把孩子全身都看了个遍。当时，婴儿后背上的花形胎记让她印象深刻。

玉英本来想把秘密带进棺材，怕彩月的养母知道了真相会怪罪于她，可是造化弄人，素秋得了坏病，玉英只好将换婴儿的事告诉素秋。

去世前，素秋跟苏达荣说："彩月是你的亲闺女。"

"怎么不是丽云，怎么会是彩月？"苏达荣虽百思不得其解，心里却万分惊喜，感觉自己瞬间失而复得了。

从那以后，苏达荣在观察彩月的一举一动、一颦一笑中，获得了满足，好像他的人生终于有了活头，他的心灵也总算有了归宿。

2

那一天，苏达荣在小学厨房的门缝里看着大莲狼吞虎咽地吃着毒蘑菇，看着彩月把野生八角塞入大莲的口中，看着大莲停止了挣扎，走进了鬼门关。

他没有出面制止，忍痛看着一切的发生却屏息凝神，守口如瓶。不是因为他无动于衷，铁石心肠，而是因为他深知只要大莲存在，彩月就不会停止痛苦，而他，只要他的女儿不再痛苦。只是那天以后，他再也无心在小学教书了，因为一看到小学的厨房，他就看到了自己的罪恶。

玉娇死的那个早上，苏达荣的腿病发作，在家躺着。可一听到玉娇的死讯，他立刻从床上起来，忍痛走到玉娇家。当他看到玉娇定格的表情的时候，他已经明白了一切。他虽然纠结愤懑，痛心疾首，却没有足够的勇气去质问彩月，也没有足够的仁慈去悲天悯人，更没有足够的果敢把彩月供出。

最后，他只好选择了牺牲，牺牲自己的生命，也牺牲自己的名节。他用藏蘑菇的拙劣方式，引言本入瓮，让言本深信他就是凶手，杀玉娇是为了报复志标。他以为这样做，既可以保全彩月，也不会愧对玉娇，最重要的是，能求得一隅心安，实现自我救赎。

他本来打算，公安来逮捕他的时候，骄傲一把，昂首挺胸地离开苏山头，可楼梯那一摔，却把他摔成了更严重的残疾，把他的骄傲摔得粉碎。

他回想自己这一生，最美好的是爱上素秋，最丑陋的也是爱上素秋，而最尴尬的不是被人打断了双腿，而是在小学楼梯那一个不小心的跌倒。

3

广东顺德。

阿凤一大早就听见门外有“咿呀”的声音，她好奇地打开家门，看见门口放着一个竹篮子，篮子里躺着一个婴儿。

“阿东，你快出来，快出来，有孩子。”

“什么孩子?”阿东跑了出来。

“是个男孩!”

“孩子，还是个男孩!”阿东瞪大眼睛，看着眼前这个从天而降的男婴，喜出望外。

“老天爷真是开眼，知道你一把年纪还没生。这是观音送子啊!”

“要了?”阿凤诧异地问道。

“当然要了!”

“万一有病怎么办?”

“是个全乎的孩子，眼睛滴溜溜地转着，看起来脑子也好使。就算有病，也要了，这是命，咱得认。要了，要了，这就是咱儿子。”

“那就要了，听你的!”

“我给取个名，叫苏显树!”

“好名字，看看身上有没有藏着条子什么的。”

“有封信，还有钱，还有金镯子。”阿东从孩子的口袋里翻出了不少东西。

“信上写的什么?”

“我是个……不念了，不念了，你不知道我大字不识几个吗嘛。健康，信里有‘健康’两个字。”

“那就好，那就好，有这两个字就够了!”

> 我是个迷途少女，生于汕头，年纪轻轻，误入歧途，不慎怀孕。明知自己无力养儿，却又不忍将他打掉，所以把他送给你们，望好心人善待我儿，抚养他平安、健康长大。从此，你们就是我儿的亲爸亲妈。我将用余生感恩戴德。

广东汕头，一个老妇坐在破旧的书桌前，在昏暗的灯光下，写下此信。

书桌旁的木床上躺着的，是一位傻女。

4

“我是杀了人，可是付玉娇也不干净，她的双手也沾满了鲜血。”

“什么意思？和付玉娇有什么关系？”

“张志标的老婆，就是她害死的！”

“不可能，张志标的老婆明明是病死的。”

“她是病死的没错，不过，是付玉娇的双手让她死得更快。”

“到底怎么回事？”

“张志标的老婆有肺结核，最怕上火的东西，可是付玉娇却每天都在她的药里加入很多生姜粉，加快了她的死亡。”

“这么说，也是你让付玉娇这么做的？”

“没错。”

“那是付玉娇在不知情的情况下受你蛊惑，这个罪行依然算在你头上。”

“你以为她真的不知情吗？连个孩子都知道肺结核病人不能吃生姜。”

尾　声

28 年后。

2018 年清明节，我回到了苏山头。在阿玉婶的坟前，我看见一个白发苍苍的男人，正弯着腰，专心致志地将阿玉婶坟头的草，一根根地拔去。他拔得很是细致，没有发现我的到来，直到我一声“您好”将他惊扰。

“你是?”他直起腰，诧异地看着我。

“我是阿玉婶的侄女。”

“是阿娇的侄女啊！我怎么不认识啊?”男人对着我说完，又转身对着阿玉婶的墓碑喃喃着，“阿娇啊，你可别怪我，我是老了，眼睛、脑子都不好使了，连你侄女都不记得了!”

“不怪您，我住得远，很少过来看阿玉婶。”我解释道。

“就我来得最勤，来给她拔拔草，和她说说话，她也就没那么寂寞了，我这心里也才踏实!”

男人微笑着，眼中却泛着泪光。

就这样，我和他你一句我一句，聊了起来，关于苏山头，也关于阿玉婶，直到一个和我年龄差不多的女人向我们走来。

她一边走，一边说：“干爸，您怎么这么早就来了?”

“小雪来了！我闲着没事，早点来，陪你妈说说话！阿光怎么没有来?”

“他生意忙，走不开，要等过年才回呢!”

“年轻人都有自己的事，你们要是忙，我一个人来就行。”

“28 年，您年年都来，我们做儿女的都不如您啊!”

“我就是习惯了，不来心里难受!”

看着小雪和张志标其乐融融的样子，我不禁热泪盈眶，仿佛时光刻意造就了一个场景，让我触碰儿时所有的悲欢，关于自己，关于阿玉婶，也关于那曾经不堪回首的过往。人生何等狡黠，又是何等奇妙，看似注定凄楚的开端，也可配一个和谐的圆场。在这个圆场里，玉娇和志标，隔着生死，相视而笑。

那一夜，我拿起笔，在我的本子上，写下一个大字：隅。开始记录下儿时记忆里最刻骨铭心的过往……